Ulla Fröhling

NUR NOCH EINMAL

SERIE PIPER

Zu diesem Buch

Diese Geschichten erzählen von Frauen, die aus dem geregelten Alltagstrott ihres Sexuallebens freiwillig oder unfreiwillig ausscheren – sei es, weil sie von einer ungewöhnlichen Triebstruktur gebeutelt werden, wie Sarah, die der bloße Anblick eines Schornsteinfegers augenblicklich auf den höchsten Gipfel der Lust versetzt, sei es, daß sie, wie Helma, ihre sexuelle und finanzielle Versorgung gründlichst selbst in die Hand nehmen müssen, da der angetraute Ehemann in jeder Hinsicht seine Pflichten verweigert. Viele gelüstet es nach einer großen Menge – zum Beispiel Männer, Nudeln, Morde oder Katzen –, und nur wenige sind so bescheiden wie Margarethe, die sich erst zu ihrem 80. Geburtstag noch einmal einen Luxus leisten möchte: einen nackten Mann. Einige von Ulla Fröhlings Geschichten sind mit großem Erfolg in »Cosmopolitan« erschienen – pfiffige, witzige, sexy Stories für Frauen von heute.

Ulla Fröhling, geboren 1945. Lebt als freie Journalistin und Autorin in Mittelnkirchen bei Stade.

Ulla Fröhling

NUR NOCH EINMAL

Erotische Geschichten

Piper München Zürich

Originalausgabe
1. Auflage Oktober 1994
2. Auflage April 1996

Umschlag: Büro Hamburg
Simone Leitenberger, Susanne Schmitt, Andrea Lühr
Umschlagabbildung: Martin Haake
Foto Umschlagrückseite: Irmin Eitel
Gesamtherstellung: Clausen & Bosse, Leck
Printed in Germany ISBN 3-492-22262-5

Inhalt

Die große Frage, die nie beantwortet worden ist und die ich trotz dreißig Jahre langem Forschen in der weiblichen Seele nicht habe beantworten können, ist die: ›Was will das Weib?‹

Sigmund Freud,
undatierte Bemerkung
zu Marie Bonaparte

I want an old-fashioned millionaire

Eartha Kitt, 1955

Ich will keine Schokolade!

Trude Herr, 6. 2. 1960,
12 Wochen in der Hitparade

Ich will 'nen Cowboy als Mann

Gitte, 13. 7. 1963,
22 Wochen in der Hitparade

Girls just wanna have fun

Cyndi Lauper, 5. 3. 1984,
18 Wochen in der Hitparade

Ich will so bleiben, wie ich bin

Frau in der Margarine-Werbung »Du darfst«

WINTER

Nur noch einmal

Zu ihrem 80. Geburtstag wünschte sich Margarethe einen nackten Mann. Keinen bestimmten. Irgendeinen. Die Beschaffung überließ sie ganz ihrer Familie und stellte nur zwei Bedingungen: Er sollte gesund sein und nicht älter als 25.

Am ersten Weihnachtstag traf sich die Familie traditionsgemäß bei Margarethe. Alle waren sehr stolz auf sie. Wer hat schon eine so weitgereiste Großmutter, die vier osteuropäische Sprachen spricht, mit Brieffreunden in Rußland, Polen und Ungarn korrespondiert, hervorragend über das politische Tagesgeschehen informiert ist, mit 79 Jahren ihren gesamten Haushalt allein organisiert und nicht zuletzt eine großartige Weihnachtsgans brät?

Würdevoll thronte Margarethe an der Stirnseite der festlich gedeckten Tafel und überragte alle. Margarethe liebte es, alle zu überragen. Da ihre Familie nicht eben kleinwüchsig war, mußte sie sich – trotz ihrer stattlichen 1,80 Meter – inzwischen ein Kissen unterlegen, um diesen Effekt zu erzielen. Alle wußten das, und alle gönnten es ihr.

Die Gans war gegessen, die Geschenke ausgetauscht und die Kerzen am drei Meter hohen Weihnachtsbaum fast heruntergebrannt. Alle saßen zufrieden beieinander. Das heiße Wasser im Samowar kochte brodelnd, als Margarethe sich noch ein wenig gerader machte und sagte: »Damit ihr es jetzt schon wißt: Zum 80. Geburtstag wünsche ich mir einen nackten Mann.«

»Aber Mama!« riefen die Töchter Alma und Ata. Alma und Ata waren eineiige Zwillinge und riefen auch noch mit 56 Jahren gerne gleichzeitig etwas aus. »Mutter scherzt«, meinte Sebastian, Atas Mann, beruhigend. Sebastian hatte häufig das Bedürfnis, etwas Beruhigendes zu sagen. Aber wie immer beruhigte es nicht einmal ihn selbst. »Ich glaub', mein Schwein pfeift«, kicherte Jutta, Atas 23jährige Tochter. Lucy, die 15jährige Tochter von Alma, bewertete den Geburtstagswunsch mit einem anerkennenden »cool«. Lucy hatte seit kurzem ein geheimes Verhältnis mit ihrem Geschichtslehrer, einem Mittdreißiger in vorgezogener Midlifecrisis, und bemühte sich um eine philosophische Haltung. »Nun laßt Mama doch mal ausreden«, sagte schließlich Ata, die als Kriminalistikprofessorin und zwölf Minuten älterer Zwilling gern als die Vernünftigere galt.

Margarethe erklärte, sie wolle nur ihre Erinnerung ein wenig auffrischen. Es sei so lange her mit Papa. Und die Spätprogramme der Privatsender hätten Zweifel in ihr aufkommen lassen, ob ihre Erinnerung sie vielleicht trüge. Sie wolle diese Zweifel nicht mit ins Grab nehmen. »Versteht mich nicht falsch«, fügte sie dann noch hinzu. »Ich habe nicht das Gefühl, etwas versäumt zu haben, aber vielleicht, daß ich nicht alles weiß.«

Margarethe hatte ihren Mann im Zweiten Weltkrieg verloren. Ihre Töchter konnten sich noch dunkel an den sehr preußisch wirkenden Offizier erinnern, dessen Foto stets auf Margarethes Schreibtisch stand. Man sprach kaum über ihn, da alle wußten, wie schmerzlich der Verlust für Margarethe gewesen war.

»Dann genügen doch Bilder«, sagte Almas Mann Julius, der bisher geschwiegen hatte, sich jetzt aber auf seine umfangreiche Privatsammlung besann. »Ich bringe dir welche.« In seinem Eifer vergaß er aber, daß Margarethe nackte Männer und keine nackten Frauen sehen wollte. Nein, sagte Margarethe bestimmt, lebend sollte er sein, und sie wollte ihn auch anfassen. »Cool«, meinte Lucy, deren philosophisches Vokabular noch in den Anfängen steckte.

Was sich darüber hinaus ergeben würde, hinge selbstverständlich von gegenseitiger Sympathie ab, fügte Margarethe an, um ihre Familie zu beruhigen. Die Bemerkung verfehlte allerdings diesen Zweck.

In den kommenden Wochen tagte der Familienrat in wechselnden Konstellationen. Grundsätzlich war man schnell bereit, Margarethes Wunsch zu erfüllen, wenn es nur irgend ginge. »Was kann sie schon groß mit ihm anfangen«, meinte der 52jährige Julius, über dessen Potenzprobleme alle – außer Julius – Bescheid wußten. »Außerdem hat Mama schließlich Geschmack«, meinte Alma und dachte an Margarethes Rokokomöbel, die sie eines Tages zu erben hoffte.

Die Suche war erregend, blieb aber lange Zeit erfolglos. Julius las die entsprechenden Anzeigen regionaler Zeitungen, er bestellte Fachblätter und verweilte in Videotheken. Allen war klar, daß keiner der von Julius hingebungsvoll gesichteten Pornostars in Frage käme, aber sie wollten ihm das Vergnügen nicht verderben. Ata betrachtete ihre Studenten mit anderen Augen, Alma bestellte sich eine Heerschar Handwerker ins Haus, Jutta lud Dutzende von Kommilitonen zum Tee, und Lucy ging mit dem 16jährigen Sohn ihres Geschichtslehrers ins Bett.

Eines Tages brachte Sebastian einen 24jährigen Schreiner mit, der auf dem zweiten Bildungsweg Abitur gemacht hatte und jetzt Bauwesen studierte. Er habe ihn, gab er an, von der studentischen Arbeitsvermittlung. Hubert war mittelgroß, sah wirklich gut aus mit seinen dunklen Augen, den schwarzen Locken und einem ausgesprochen hübschen Hintern. Dieser war Sebastian zuerst aufgefallen, als er einem Hobby nachging, das der Familie bislang verborgen geblieben war: Sebastian besuchte bestimmte Ecken nächtlicher Parks und manche Herrentoiletten, auch wenn seine Nieren es nicht erforderlich machten. Er tat das nicht häufig, nur manchmal, wenn Ata, seine Frau, auswärtige Vorträge hielt über Kriminalität in Randgruppen der Gesellschaft – ihr Spezialgebiet.

»Der könnte einer für Mutter sein«, dachte Sebastian sofort, als Hubert Sebastians handgreifliches Interesse mit verlegenem Erröten beantwortete. Beim Tee fanden ihn alle nett. Er konnte sich benehmen, war belesen und, als er seine Schüchternheit erst einmal überwunden hatte, erwies er sich sogar als recht amüsant. Vorerst sagte man ihm nur, es ginge um die Großmutter und ihren 80. Geburtstag. Man hatte sich geeinigt, ihm dreitausend Mark zu bieten. Lucy fand, da müßte ein Vorab-Test im Preis mit drin sein, was aber von den anderen einstimmig abgelehnt wurde.

Margarethes Geburtstag nahte. Hubert hatte inzwischen beide Aids-Tests und Atas Suche nach eventuellen Vorstrafen »negativ« durchlaufen. Er kam aus einer ordentlichen Handwerkerfamilie mit ausgeprägtem sozialem Engagement. Seine Aufgabe empfand er inzwischen als tätige Altenpflege. Juttas Vorschlag, er solle aus der Geburtstagstorte springen, war als albern verworfen worden. Man wollte einfach als ganz normale Familie Geburtstag feiern, nur eben mit einem zusätzlichen Gast. Für den Abend plante man, sich frühzeitig zurückzuziehen.

So geschah es auch. Margarethe plauderte charmant und anregend, wobei sich Huberts anfängliche Verlegenheit rasch verlor. Um neun Uhr abends begannen alle zu gähnen, und um halb zehn war Margarethe mit Hubert allein.

Am übernächsten Tag – man hatte beschlossen, Margarethe einen Tag der Ruhe zu gönnen und nicht sofort am nächsten Morgen anzurufen – bekamen Alma und Ata einen Brief, in dem Margarethe sie informierte, daß sie für 14 Tage nach Mallorca gefahren sei, im »La Residencia« in Deya wohne und Hubert mitgenommen habe.

Zwei Wochen später kam sie zurück. Familiären Nachforschungen zufolge sah sie Hubert nie wieder. Auch er machte keinen Versuch, weiteren Kontakt mit der Familie zu halten. Er sei recht nett, aber nicht besonders standfest gewesen, war Margarethes einziger, allerdings etwas mysteriöser Kommentar. Dann wurde über die gesamte Episode nicht mehr gesprochen.

Kurz darauf schrieb Margarethe folgenden Brief, den die Familie erst nach ihrem Tod erhalten sollte:

»Meine Lieben,

Euch habe ich zu verdanken, daß ich meine Zweifel nicht mit ins Grab nehmen mußte. Nun will ich Euch auch die Euren nehmen. Der Offizier im Foto auf meinem Schreibtisch ist nicht Euer Vater. Er ist ein mir unbekannter Mann, der seine Aufgabe, ein Vaterbild abzugeben, so gut erfüllt hat, daß Alma und Ata stets glaubten, er habe sie wirklich auf dem Arm gehalten. Eurem Vater bin ich nur ein einziges Mal begegnet. Außer ihm habe ich – abgesehen von Hubert – keinen anderen Mann gehabt. Jetzt will ich Euch das Wenige erzählen, das ich über ihn weiß. Ich habe Euch nie gesagt, wie sehr ich in meiner Kindheit und Jugend unter meiner Länge gelitten habe. Ich war immer einen Kopf größer als alle anderen. Mein Vater hat sich sehr bemüht, mich über diesen Makel hinwegzutrösten. Er verwöhnte mich sehr und hatte mich am liebsten ständig um sich. Schon als ich noch ein ganz kleines Mädchen war, begann er, mich auf seine Geschäftsreisen mitzunehmen. 1914, fast noch ein Baby, war ich dabei, als Präsident Wilson den Panama-Kanal eröffnete. 1926 begleitete ich Vater nach Köln, wo er am Bau der ersten deutschen Hochhäuser mitgearbeitet hatte. Und im Mai 1935 nahm er mich mit zur Eröffnung der Moskauer Metro. Er war dort als beratender Ingenieur tätig. Für meinen Vater war es ein großes Erlebnis. Er war ein unpolitischer Mensch, aber es begeisterte ihn sehr, Stalin in diesem Marmorpalast unter der Erde einmal persönlich zu sehen.

Ich fand alles furchtbar: Die Russen waren noch kleiner als die Deutschen. Da stand ich, ein junges Mädchen von 23 Jahren und ragte aus der Menge wie ein Leuchtturm. Plötzlich sah ich 50 Meter entfernt einen Mann, der zu mir herüberstarrte. Er war zwei Köpfe größer als alle anderen. Und darüber hinaus trug er eine Pelzmütze, durch die er noch größer wirkte. Gleichzeitig gingen wir aufeinander zu. Es war leicht, uns nicht aus den Augen zu verlieren. Irgendwann standen wir uns gegenüber, von der Menge dicht zusammengedrängt. Er sprach einige Sätze auf russisch, ich sagte etwas auf deutsch. Wir verstanden unsere Worte nicht, aber wir wußten, daß wir zum ersten Mal im Leben jemandem begegneten, der uns gewachsen war. Ich gab mich ihm auf der Stelle hin. Es war und blieb das überwältigendste Erlebnis meines Lebens. Stalin zerschnitt gerade das Band und eröffnete die U-Bahn. Ich wurde ohnmächtig. Vater glaubte später, es sei die Enge gewesen. Als ich wieder zu mir kam, sah ich, wie sich der Russe verzweifelt gegen die stoßende, schubsende Menschenmenge wehrte. Aber er wurde fortgedrängt. Ich habe ihn nie wiedergesehen.

Ich danke Euch nochmals: Ihr habt Euch viel Mühe gegeben, einen netten jungen Mann für mich zu finden. Aber Hubert kann Eurem Vater nicht das Wasser reichen. Ich habe also nichts versäumt. Ich danke Euch besonders, daß sich jede von Euch Frauen (außer einer) und einer von Euch Männern die Mühe gemacht hat, Hubert persönlich für mich zu testen.

Margarethe.«

Fußnoten der Lust

Elsie war bereit, alles hinzugeben für Strapse. Wirklich alles. Die schon bezahlte Urlaubsreise nach Teneriffa, den neuen Opel Kadett, vielleicht sogar die angezahlte Eigentumswohnung, zwei Zimmer mit Kochnische, Bad und dem kleinen Traumbalkon über den Dächern von München. Wenn ihr das gestern jemand erzählt hätte, sie hätte ihn für verrückt erklärt. Noch vorhin, als sie in den IC nach Rom einstieg, hätte sie gelacht über diese verrückte Idee. Obwohl ihr da schon ein bißchen mulmig war: So ein Gefühl unten im Bauch, bei dem sie nicht recht wußte, sollte es Durchfall, Leidenschaft oder eine Eierstockentzündung werden.

Es ging ihr gar nicht um die Strapse. Alberne Dinger, und was Männer an diesem Stück Fleisch finden konnten, das da zwischen Unterhose und Strumpfrand frierend und rosa wie halbgares Eisbein herausragte, hatte sie nie verstehen können. Deshalb war es ihr – trotz Festtagsstimmung bei flakkerndem Lichterglanz – auch nur unter größter Anstrengung gelungen, ein mattes Lächeln auf ihre Züge zu zaubern, als Fred damals ausgerechnet mit so einem Ding angekommen war. Er begriff das Lächeln. Weihnachten vor fünf Jahren war das gewesen. Kurz darauf hatten sie sich getrennt. War auch besser so.

Das einzige, was Elsie jetzt bedauerte, war, daß er die Strapse mitgenommen hatte. Egal, ob er sie dann Luise geschenkt hatte oder der, die nach Luise kam. Nur jetzt, in diesem Moment und in diesem Zugabteil, ersehnte sie nichts heftiger als jenes schwarze Gerät, das sie bisher immer an ertrunkene Spinnen hatte denken lassen, ihr auf einmal aber wie eine unerläßliche Zutat der Leidenschaft erschien.

Nicht daß sie plötzlich ein ästhetisches Verständnis für raffinierte Dessous erwischt hätte wie andere vielleicht die Grippe. Es war ganz einfach die Technik, für die sie von einer Sekunde zur anderen von einem tiefen Erkennen erfüllt war. Die Technik der Befestigung: Schnipp! – konnte man sie öffnen. Und schlapp! – den Strumpf abziehen. Und genau das konnte Elsie jetzt nicht. Zu ihrem tiefen Bedauern steckte sie in einer dieser Strumpfhosen mit Zwickel und Fersenverstärkung. Zwanzig Stück hatte sie davon im Schrank, alle irgendwie zu kurz oder zu lang, braun oder in Farben, die zu nichts paßten. Sie würde sie alle wegschmeißen, dachte Elsie.

Soweit sie überhaupt noch dachte. Denn ihr Denken hatte gegen 2.30 Uhr, etwa in der Höhe von Verona, seine relative Gradlinigkeit verloren. Es waren eher Bruchstücke, die vor ihr auftauchten. Oder Bilder. Bilder von Strapsen und Strumpfhosen zum Beispiel, die über die Wände ihrer Wohnung kletterten. Oder über ihr Bett. Elsie mußte lachen. Der Herr am unteren Ende ihres Liegesitzes nahm Elsies großen Zeh aus seinem Mund und lächelte ebenfalls. Elsies bestrumpften Zeh. Das war das Problem. Elsie hätte liebend gern den Strumpf entfernt. Doch wie? Aufstehen und sich aus der Strumpfhose wühlen? Den Rock hoch und das Ding runterzerren? Unmöglich. Nicht für den Bruchteil einer Sekunde wollte sie ihren Fuß dem Herrn dort unten entziehen.

Für den Herrn schien das alles kein Problem zu sein. Soweit Elsie wußte. Geäußert hatte er sich noch nicht zu dieser Situation. Überhaupt hatten sie bisher kein einziges Wort miteinander gewechselt. Er hatte sich noch nicht einmal vorgestellt. Nicht als er in Bozen den Wagen bestieg, nicht als er sich auf die Liege auf der anderen Seite des schmalen Ganges setzte, nicht als er herübergriff und seine Hand neben ihren ausgestreckten Fuß legte, so daß sein kleiner Finger irgendeine bislang unentdeckte Stelle zwischen Knöchel und Ferse berührte. Beim ersten Mal war sie noch weggerückt. Obwohl ihr da schon der Schweiß auf der Stirn stand, ihre Zähne klapperten und die Hände so zitterten, daß sie sie unter die Achseln klemmte, um Halt zu finden.

Dann waren ihre Schuhe fort und seine Finger überall. Auf, zwischen, in ihren Zehen. Als er den kleinen Zeh in den Mund nahm, konnte Elsie sich gerade noch am Bett über sich festhalten. Wenn sie vom Sitz gerutscht wäre, hätte sie sicherlich die Frau geweckt, die seit München auf dem oberen Bett lag und schlief. Und das wollte sie auf keinen Fall.

Noch niemals hatte Elsie etwas Ähnliches gefühlt. Was genau passierte, wußte sie nicht. Aber die Wirkung war aufwühlend, exquisit. Nichts, was Fred je getan hatte, war dem hier auch nur annähernd ähnlich. Jedes winzige Körperhaar stand ihr zu Berge, sie fühlte jede einzelne Zelle und meinte, ihre Lippen müßten platzen. In ihren Ohren rauschte ein Wasserfall, ein roter Wasserfall merkwürdigerweise, dann schien ihre Vagina riesenhafte Ausmaße anzunehmen und schickte sich an, den Herrn dort unten zu verschlingen.

Wenn man Elsie vor fünf Stunden erzählt hätte, daß sie einmal solche Gefühle haben würde, sie wäre entrüstet errötet. Elsie würde nie wieder erröten. Zu diesem Zeitpunkt hatten Mund und Hände des Herrn noch nicht einmal Elsies Knie erreicht. Weiter würden sie auch nie kommen. Es war unnötig. Dies hier war noch viel besser, als Marianne ihr erzählt hatte. Oder besser: angedeutet, denn irgendwie hatten ihr die Worte gefehlt, und Elsie konnte das jetzt verstehen. »Keine Strumpfhose!« hatte Marianne allerdings empfohlen. Doch Elsie war entschlossen gewesen, nicht einmal die Schuhe auszuziehen. Nur mal gucken, wie der aussieht, wollte sie.

»Im ersten Liegewagen hinter der Lok«, hatte Marianne gesagt, und daß er in Bozen zusteige. Marianne hatte ihn nämlich zuerst entdeckt. Es war reiner Zufall gewesen. Dann hatte sie herausgefunden, daß er jeden Donnerstagabend von Bozen nach Rom fuhr. Es hatte Marianne sehr viel Geld gekostet, das herauszufinden. Abgesehen von den Rückfahrkarten war da noch der Urlaubstag. Und dann, was soll man Freitagfrüh in Rom machen, wenn man dort niemanden kennt? Das erste Wochenende hatte Marianne auf dem Bahnhof verbracht. Bei klirrender Kälte, denn es war Dezember. Irgendwann mußte er doch zurückfahren. Als er Montagfrüh immer noch nicht kam, machte sie sich auf die Heimreise. Von nun an fuhr sie jeden Abend nach Bozen. Am Donnerstag um 0.53 Uhr war er wieder da. Stieg in das gleiche Abteil. Marianne auch.

In der Folge wurde es dann etwas schwierig, die vielen einzelnen Urlaubstage zu erklären: »Immer freitags, ob das denn nötig sei?« Leider lebte Mariannes Mutter nicht mehr, sonst hätte sie Pflegedienste vorgeschoben. So handelte sie mit ihrem Arbeitsgeber eine vier-Tage-Woche aus. Das wurde irgendwann ein finanzielles Problem, denn vier Rückfahrkarten München–Rom pro Monat kosteten 1046,40 Mark. Zusammen mit der reduzierten Arbeitszeit erwies sich das als untragbar, also ging Marianne wieder auf volle Stundenzahl und setzte schließlich doch einen Urlaubstag pro Woche durch. Nun stand sie allerdings vor einem anderen Problem: Für jede Liegewagenreise München–Rom–München mußte sie einen Urlaubstag nehmen. Das waren 52 Tage im Jahr, sie hatte aber nur 30 Urlaubstage. Da entschloß sie sich, den Herrn für diese 22 Resttage ihrer besten Freundin, Gudrun, anzubieten. Ungläubig machte die einen Versuch. Wegen des in der Folge auch bei Gudrun auftretenden Urlaubsproblems beschlossen beide, sich abzuwechseln.

Als Gudrun dann zur Kur mußte und Mariannes Urlaub für dieses Jahr aufgebraucht war, weihten sie Elsie ein, die nun sozusagen ihre Jungfernfahrt machte. Marianne, Gudrun und Elsie waren seit langem befreundet. Sie arbeiteten im selben Schreibpool; dienstags gingen sie zusammen kegeln.

Etwas störend fanden alle drei, daß jedesmal eine Frau mit

im Abteil war. Aber da die schlief, störte sie nicht weiter. Zu einer eingehenderen Betrachtung ihrer Umgebung hatten die drei Freundinnen ohnehin keinerlei Kapazitäten frei. Sonst wäre ihnen aufgefallen, daß es jedesmal dieselbe Frau war.

Der schwarze Mann

Sarah Rosenberg genoß und schwieg. Polizeiobermeister Beckmann aber war fassungslos: Dies war die heiterste Verursacherin einer Massenkarambolage, die ihm je begegnet war. Bei klarer Sicht, trockener Fahrbahn und Tempo 40 hatte Sarah ihren BMW plötzlich stark gebremst und den Auffahrunfall von 17 Fahrzeugen verursacht: sechs Golf, eine Ente, drei Mercedes, zwei Kadett, zwei BMW, zwei Volvo und ein Trabi. Damit nicht genug: Dann hatte sie Vollgas gegeben, direkt in den Kofferraum eines Peugeot hinein, und zusammen waren die beiden an fünf parkenden Autos entlanggeschrammt. Glücklicherweise erlitt niemand größere Verletzungen – das Tempo war niedrig, und alle waren angeschnallt gewesen.

Nun stand Sarah in einer Menge zumeist tobender Männer und lächelte. Beckmann kam das so ungewöhnlich vor, daß er es im Protokoll vermerkte: »Sie wirkt entspannt, heiter und zufrieden.«

Als Erklärung für ihr exzentrisches Fahrverhalten gab Sarah einen über die Fahrbahn rasenden schwarzen Wolfshund an, den allerdings niemand außer ihr bemerkt hatte. Trotz aller Gelöstheit fand Sarah doch, daß sie nicht gut die Wahrheit sagen konnte. Es verhielt sich nämlich so, daß zu Zeiten hormoneller Spitzenproduktion der Anblick eines eifrig auf dem Radfahrweg entlangpedalenden Schornsteinfegers genügte, um Sarah einen Orgasmus zu bescheren, der sich mit nichts vergleichen ließ, was ihr normalerweise in dieser Richtung geboten wurde. Wenn es dann krachte, war der Schornsteinfeger meist schon in irgendeiner Querstraße verschwunden.

Durch diese Eigenheit gestaltete sich Sarahs Leben etwas

kompliziert. Nicht unerfreulich, aber kompliziert. Und nach dem neuesten Unfall sollte sich ihr Motto: »Schweig und genieß« alllerdings als unzureichend erweisen, da die Kfz-Versicherungsprämie immer höher stieg. Auch der Plan, die Einsatzzeiten der Bezirksschornsteinfegermeister entlang ihrer jeweiligen Fahrtroute in Erfahrung zu bringen, war letztendlich kaum durchführbar. So beschloß Sarah nach diesem Unfall, an den Tagen um ihren Eisprung herum nur noch öffentliche Verkehrsmittel zu benutzen.

Als es dann aber zu jenem aufsehenerregenden Zwischenfall bei der Ortsbesichtigung im Hof eines Mandanten kam, eines Kohlenhändlers, der im Verdacht stand, seine geschiedene Frau mit einer Brikettschaufel an die Lagertür genagelt zu haben, wußte Sarah, daß es nun endlich an der Zeit war, ihrer brisanten Eigenheit auf den Grund zu gehen. Auf das Vergnügen verzichten wollte sie beileibe nicht, aber ihr Bedürfnis, die Kontrolle über den eigentümlichen Impuls in die eigenen Hände zu nehmen, wurde immer drängender. Im Privatleben mochten diese Affekte ja noch angehen, aber in ihrem Beruf als Rechtsanwältin bestand allmählich die Gefahr, durch derartige Zwischenfälle an Glaubwürdigkeit und Seriosität einzubüßen. Das eine oder andere Mal hatten sich solche Vorkommnisse durchaus schon in Besprechungen mit Mandanten und sogar in Gegenwart des hohen Gerichts ereignet – manchmal mit der Gewalt von Naturereignissen. Schon jetzt galt Sarah daher als etwas ungewöhnlich. Und außerdem, so sagte sie sich, könnte sie sich schließlich nicht gut für den Rest ihres fruchtbaren Lebens irgendwelchen zufällig vorbeiradelnden Schornsteinfegern oder ahnungslosen Kohlenträgern ausliefern oder was möglicherweise sonst noch hinzukommen würde. So schritt Sarah zur Tat.

Das verhaltenstherapeutische Verfahren, welches ein Psychologe der Universität Hamburg an ihr probierte, endete in einer blanken Katastrophe. »Durch Gewöhnung zur

Abstumpfung« hieß das Konzept, das man ihr im Institut erläuterte. Beim ersten Gruppentreffen saßen sie zu viert im Kreis: eine Frau mit Katzenphobie, eine andere, die hunderte Liter Sprit in die Gegend gespritzt hatte, weil sie regelmäßig in Panik geriet, wenn sie an der Tankstelle den Zapfhahn in den Benzintank ihres Wagens stecken mußte, ein junger Mann, der nicht aufhören konnte, an Geldautomaten zu spielen, und Sarah. Zuerst sollten sie lernen, ihre Eigenheiten gedanklich unter Kontrolle zu bringen. Doch wenn Sarah sich Schornsteinfeger vorstellte, passierte überhaupt nichts. So arrangierte das Institut ihre Teilnahme an einer traditionellen Hochzeit im Alten Land, einem idyllischen Obstanbaugebiet im nördlichen Niedersachsen. Als Sarah – fest entschlossen und gut vorbereitet durch allerlei Konzentrationsübungen – an einem heiteren Spätfrühlingstag aus dem Taxi stieg und sah, wie ein leichter Windhauch die ersten Blütenblätter der blühenden Kirschbäume auf drei entzückende Blumenstreukinder hinabwehte, die zarte Rosenknospen auf den Weg des Brautpaares streuten, das gerade durch ein Spalier von zwölf Schornsteinfegern schritt, die – in Berufskleidung und mit hocherhobenen Reisigbesen – vor der alten Kirche von Harsefeld standen, hatte sie ein Erlebnis von ungekannter Stärke. Der bedauernswerten Braut hingegen war schlagartig klar: Was auch immer sie heute Nacht tun würde, diesen Eindruck könnte sie nie verwischen.

Im Institut wurde als einzige die Frau mit der Katzenphobie geheilt. Später allerdings stellte Sarah fest, daß nun auch schwarze Katzen eine zwar abgeschwächte, aber ähnliche Wirkung wie Schornsteinfeger auf sie ausübten. Pech, dachte Sarah pragmatisch und machte den nächsten Versuch. Die Therapie bei einem Analytiker, einem kleinen, dicklichen Freudianer in hellbraunem Anzug und sandfarbener Schleife, brach Sarah ab, als der Mann nur noch ganz in Schwarz gekleidet erschien. Dann versuchte sie mit Gestalttherapie und

Focusing ihrer Eigenheit auf den Grund zu kommen, sie meditierte, machte Reinkarnation in Thailand, Yoga in der Toscana und Urschrei in Wuppertal-Barmen.

Schließlich passierte es beim Autofahren – an den ungefährlichen Tagen –, daß ihre Erinnerung zurückkam. Es war der 29. Mai 1990, ein Dienstag, nachmittags kurz nach halb fünf. Sarah kam von einem Termin in Braunschweig zurück und tauchte gerade in die Oströhre des Elbtunnels hinab. Hier suchte sich ihr Radio automatisch den NDR. »... Neuvorstellung in OPA, unserer neuen Oldie-Parade«, sagte Sprecher Uwe Bahn, und dann kam es: »Oh yeah I'll tell you something I think you'll understand, I wan-na hold your ha-a-and.« Sarah schaffte es gerade noch aus dem Tunnel heraus, rechts ran auf den Standstreifen, Warnblinkleuchte an, und dann überflutete sie die Erinnerung: ein schwarzer schwitzender Kerl und ein Kind, kaum 12, im weißen Pelz.

Schon damals in der Schule war Sarah ein auffallendes Mädchen gewesen, sehr attraktiv mit roten Haaren und einer frechen Stubsnase in ihrem hübschen Gesicht. Aber sie war auch ein sehr unglückliches Mädchen, zurückhaltend und verschlossen. Sarahs Vater, der Kaufmann Rosenberg, war vor fast 30 Jahren in die USA emigriert und kürzlich mit seiner Familie nach Hamburg zurückgekehrt. Nicht nur in Englisch, auch in den meisten anderen Fächern stand Sarah bald an der Klassenspitze. Nicht einmal im Sport versagte sie. Das nahm man ihr übel. Außerdem war sie eines der ersten Mädchen an ihrer neuen Schule – die Koedukation wurde gerade erst eingeführt. Und sie war verliebt in Johannes, den Klassensprecher. Aber das hätte sie niemals zugegeben.

Johannes Berger war eine Sensation auf diesem Gymnasium im feinen Hamburger Stadtteil Blankenese. Lauter Bankierskinder, Arztsöhne, Rechtsanwaltsnachwuchs und er, der Sohn eines Mannes, der Kohlen austrug, eines Mannes, bei dem sich Staub, Ruß und Dreck tief in Falten und

Poren von Gesicht und Händen eingegraben hatten. Zweifellos verdankte Johannes diesem Dreck seinen Platz in der Klassenhierarchie. Entgegen allen soziologischen Hypothesen bewirkte dieser – damals in den frühen 60er Jahren – eine Prestigesteigerung für Johannes.

Seltsam: die Schönheit und Intelligenz von Sarah, der Reichtum ihres Vaters bewirkten genau das Gegenteil (ganz abgesehen vom Sauberkeitstick ihrer Mutter). Sarah sei arrogant und zickig, hieß es. Alle Lehrer bemühten sich ständig, Sarahs Isolation aufzulösen. So hatte der Klassenlehrer Sarah an einem verschneiten Dezembertag mit Büchern zu Johannes geschickt, der erkältet im Bett lag. Sarah fror; trotz Piroschkastiefeln, Lastexhose und Pelzmantel war ihr kalt, als sie vor dem Haus stand, in dem Johannes wohnte. Sie klingelte, die Tür öffnete sich, eine dralle Frau stand im Rahmen; sie packte Sarah am Arm, zog sie ins Haus, sagte »ah, Freundin von Johannes« und schubste sie durch den engen Flur, in dem es nach Kartoffeln und Rasierseife roch. Aus der *Philetta* auf dem Stringregal dröhnte der Popsong, mit dem die Beatles in diesem Dezember 1963 an die Spitze der Hitparade geschossen waren: »I want to hold your hand!«

Da erblickte Sarah den Mann.

Er stand mit nacktem Oberkörper vorm Spiegel und rasierte sich. Er war schwarz. Oder war das der Kohlenstaub? Die Hosenträger hingen herunter, und seine dunklen Hände bildeten einen eigenartigen Kontrast zum weißen Rasierschaum. Als er zwei Finger weit spreizte, um die Haut am Hals glattzuziehen, sah Sarah dicke schwarze Ränder unter seinen Nägeln. Sie wurde rot. Während die Klinge vorsichtig über die Kehle des Mannes glitt, fiel sein Blick im Spiegel auf das errötende Mädchen im Flur, und seine Augen nagelten sie dort fest, während Paul und John sangen: »And when I touch you I feel happy inside«.

Sarah vergaß dieses Erlebnis schleunigst. Doch es veränderte ihr Leben.

Im nächsten Jahr, am 31. Oktober, besuchte Sarah ihre Cousine Esther, und die beiden hörten, wie so oft, die BFN-Hitparade. Während Roy Orbison »Pretty Woman« röhrte, klingelte es an der Tür. Esther rannte los wie der Blitz, denn sie focht mit dem Hausmädchen gerade einen Geschwindigkeitswettbewerb aus. Krachend landeten beide an der Tür, und nach einer Weile kam das Hausmädchen zurück. Auf ihrer weißen Schürze prangte eine gespreizte schwarze Hand. Dem Mädchen folgte der Schornsteinfeger. Im Radio folgte Sandie Shaw mit »There's always something there to remind me«, und Sarah hatte ihren ersten Orgasmus. Ohne daß sie recht wußte, wie ihr geschah.

Fast 27 Jahre später, mit laufendem Motor und flackernder Warnblinkleuchte neben der Autobahn stehend, wußte Sarah endlich wieder, was damals passiert war.

Es gab nur eine Lösung: Sie mußte Johannes suchen. Er würde sie verstehen. Schließlich war er damals auf dem Flur gerade noch dazugekommen. Johannes war schnell gefunden. Er, der aus seiner frühen Erfahrung die Erkennntis gewonnen hatte, Dreck regiere die Welt, arbeitete im Essener Büro einer großen überregionalen Tageszeitung, und es hieß, er habe Dreck am Stecken. Aber das war ein Mißverständnis. Er hatte nur das Bedürfnis, über Themen zu schreiben, die ihn dreckig, schmutzig oder unglücklich machten.

Johannes war sehr leicht zu verführen. Er fing bald an, sich naß zu rasieren und vernachlässigte seine Sauberkeit. Zur Zeit arbeitet er an einer Reportage über die Müllabfuhr. Wenn Sarah ihn morgens beim Rasieren beobachtet und dazu die ziemlich abgenudelte Kassette hört – mit dem, was die beiden »unser Lied« nennen –, dann ist sie den ganzen Tag gegen Anfechtungen gefeit.

Maltesisch

Unser Dorf ist so klein, daß wir es durchnumeriert haben. Straßennamen brauchen wir nicht. Auch sonst ist manches anders als anderswo. Hier weiß jeder alles von jedem. Das ist schön. Besonders für mich als Schriftstellerin. Von meinem Fenster im Haus auf dem Deich kann ich das halbe Dorf überblicken. Ich sehe die Dorfkneipe und die Kirche, den Friedhof, den Krämer, den Bäcker und das Bordell. Da unser Haus direkt an einer gefährlichen Kurve liegt, kann ich auch die Unfälle sehen.

Es heißt immer, das Leben auf dem Dorf sei langweilig. Welch ein Unsinn. Natürlich sind es die Städter, die das behaupten. Ich kann das in keiner Weise bestätigen. Nehmen wir mal irgendeine Woche im letzten Vierteljahr, im trüben November vielleicht, der in der Stadt immer so trostlos ist. Bei uns gab es am ersten Sonnabend eine sehr schöne Hochzeit. Der Bräutigam war Mitglied unserer Freiwilligen Feuerwehr, daher hatten sich die Kollegen in voller Montur vor der Kirche aufgebaut, mit Helm und Uniform. Jeder trug seine Spritze in der Hand. Als das Brautpaar nach vollzogener Trauung die Kirche verließ, mußte es unter den hocherhobenen Spritzen hindurchschreiten. Das ist doch wunderschön. Danach mußten die beiden gemeinsam einen dicken Holzscheit durchsägen und zu guter Letzt auch noch zwei Feuerwehrschläuche miteinander verschrauben. Nirgends ist die Tradition so ungebrochen wie auf dem Dorfe.

Dienstag gab es eine Beerdigung, Mittwoch einen Herzinfarkt, und am Donnerstagabend gegen 19 Uhr klingelte es. Da das eine Zeit ist, zu der es sonst nie klingelt, eilten mein Mann und der Kater und ich zur Tür, um als erste zu sehen, wer das wohl sei. Hier haben die Dinge noch ihre Ordnung, und das ist sehr schön in einem so unruhigen Jahrzehnt wie dem unseren. Jeden Morgen um 5.45 Uhr bringt der Bäcker die Brötchen, um 9.50 Uhr kommt die Post, und zwischen 12 und 15 Uhr sind alle Läden geschlossen. Um 15.50 Uhr schießt Nachbar Rudi sieben Platzpatronen in die riesige alte Pappel über seinem Haus, um die Stare zu verjagen. Nun weiß das ganze Dorf: Es ist Zeit, Kaffeewasser aufzusetzen. Hunderte von Staren fliegen eine gemütliche Runde über den Ort und lassen sich wieder in der Pappel nieder. Aber um 19 Uhr klingelt es nie, weil alle zu Abend essen. Auch die Pendler sind aus der Stadt zurück, und nun bleibt man zu Hause.

Vor der Tür stand eine junge Frau, die wir noch nie gesehen hatten. Sie war sorgfältig, aber nicht allzu auffallend geschminkt und lächelte mit einem freundlichen roten Mund. Sie sei unsere neue Nachbarin, sagte sie, und wolle sich vorstellen. So angenehm die Beschaulichkeit des Dorflebens ist, eine kleine Überraschung hin und wieder gefällt uns eigentlich ganz gut, und so baten wir sie herein. Ralf nahm ihr den Mantel ab und hängte ihn an die Garderobe. Unter dem Mantel kam eine beeindruckende Brust in einem engen Pullover mit tiefem Ausschnitt zum Vorschein. Ralf und ich schauten eine Weile stumm hinein. Dann gingen wir mit ihr ins Wohnzimmer, boten ihr einen Sherry an und setzten uns auf das Sofa.

»Eine neue Nachbarin, wie schön«, sagte ich, weil nun irgend jemand irgend etwas sagen mußte. »Ganz so weit ist es allerdings noch nicht«, korrigierte sie mich, »ich wollte mich erst einmal erkundigen, wie das so aufgenommen wird, wenn ich mich hier ansiedle. Ich arbeite nämlich als Hure und wollte meine Praxis aufs Dorf verlegen. Die Hektik der Stadt gefällt mir nicht mehr. Mir schwebt so eine kleine Praxis mit festem Kundenstamm vor, für Bedürfnisse, die zu Hause nicht abgedeckt werden.« Dann lächelte sie wieder und reichte Ralf eine Visitenkarte, die dieser sogleich an mich weitergab.

»Yasmine – für den exclusiven Geschmack
Griechisch, Römisch, Spanisch, Englisch, Französisch, Maltesisch
Termine nur nach Absprache«

Ralf und ich sind in der Welt herumgekommen, wir betrachten uns als liberal und sind grundsätzlich gegen jede Art von Diskriminierung. Deshalb hatten wir selbstverständlich nichts gegen ihre Person einzuwenden und natürlich auch nichts gegen ihren Plan. Daß sie lieber auf dem Lande als in der Stadt leben wollte, konnten wir sowieso gut verstehen. »Meine Liebe«, sagte ich, souverän, »es ist natürlich ganz reizend, daß Sie uns vorher fragen, aber ein bißchen ungewöhnlich, finden Sie nicht, äh, Yasmine?« »Yasmine ist nur mein Künstlername«, stellte sie richtig. Und als ich ihr die Karte zurückgeben wollte, sagte sie: »Nein, nein, behalten Sie sie nur«, und drückte sie wieder Ralf in die Hand. »In Wirklichkeit heiße ich Gaby.« Ralf lächelte und schüttelte ihr die Hand: »Und ich Ralf.« Das war unnötig.

Sie berichtete, daß die anderen Nachbarn ähnlich aufgeschlossen reagiert hätten, was mich wunderte. Sie aber fand das überhaupt nicht verwunderlich, sondern eher logisch, denn – und das sind jetzt ihre eigenen Worte: »Schließlich trage ich erheblich zur Entlastung der Haushalte bei.«

Da ich Schriftstellerin bin, nutzte ich die Gelegenheit und erfragte einige Einzelheiten ihres Berufes, mit dem ich ja nicht gerade häufig in Berührung komme. »Wie direkt sagen die Männer eigentlich, was sie wollen?« – «Manche sind sehr schüchtern«, erklärte sie, »denen muß ich dann auf die Sprünge helfen. Schließlich sollen sie eine angemessene Leistung für ihr Geld bekommen. Wenn einer gar nicht mit der

Sprache herausrücken will, sage ich: ›Ich knie mich einfach mal vor dich hin.‹ Und da liege ich dann meistens richtig.« Wieder schenkte sie Ralf ein strahlendes Lächeln und fügte hinzu: »Im ersten Monat mache ich Einführungspreise. Abgesehen vom üblichen Zwei für Eins. Nachbarn kriegen natürlich Sonderkonditionen.« Ich dachte, ich höre nicht richtig – Baggert meinen eigenen Mann hier vor meinen Augen an.

Endlich schaltete Ralf. Zuerst bekam er rote Ohren, dann sagte er, das fände er zwar sehr nett, aber er würde solche Dienste nicht in Anspruch nehmen. Er hätte das nicht nötig. Dabei grinste er mich an. Irgendwie war das auch daneben. Ich brauchte jetzt Bewegung, deshalb sagte ich: »Ich muß mal nach der Waschmaschine schauen« und verließ das Zimmer. Als ich zurückkam, zupfte Gaby-Yasmine sich den Pullover zurecht und sagte, sie hätte noch diverse andere Dienste anzubieten, unter anderem besäße sie eine ausgewählte Leihbibliothek und einen Videoverleih. Sie hätte ein paar Kassetten mit und ob sie uns vielleicht eine kostenlos dalassen sollte. Wir könnten ihr dann mal erzählen, ob sie unseren Geschmack getroffen hätte. Gleichzeitig sagten wir: »Nein/Ja.«

Als sie gegangen war, platzte Ralf damit heraus, was passiert war, als ich nach der Waschmaschine geschaut hatte: »›Gefall' ich dir denn gar kein bißchen? Nicht mal mein Busen?‹ hat sie mich doch tatsächlich gefragt. ›Doch‹, hab' ich geantwortet, ›du hast einen schönen, großen, festen Busen. Aber ich bin hier zu Hause sehr zufrieden. Danke für das Angebot.‹« Ich glaube, Ralf wollte, daß ich ihn dafür lobe, aber irgendwie hatte er schon wieder den falschen Ton getroffen, doch das sollte ich ihm vielleicht nicht gerade jetzt sagen. »Woher weißt du denn, daß er fest ist?« fragte ich statt dessen. »Na, hör' mal«, meinte er, »das sieht man doch.« Hat der 'ne Ahnung. »Und was heißt eigentlich zwei für ein?« Er erklärte es mir, und ich begriff, daß der Kampf um die Stellungen, also um die Jobs, inzwischen auch diesen Markt härter gemacht hatte. »Hast du sie gefragt, ob sie auch küßt?« Empört schaute Ralf mich an: »Wo denkst du hin! Ich trete doch nicht in Verhandlungen mit ihr.« In den Kleinanzeigen, die wir hin und wieder ganz gern miteinander studierten, war uns aufgefallen, daß Küssen – früher ein Tabu für Prostituierte – offenbar nicht mehr verboten war im Gewerbe. Dumping-Küsse. Nun gut. Nur eine Frage blieb unbeantwortet: Was ist Maltesisch? Das wußten wir beide nicht.

Eine halbe Stunde später rief mich Christina an und fragte: »War sie auch bei euch?« Christina, meine fröhliche Nachbarin, fand das alles sehr komisch und erzählte, daß zwei andere Frauen sie schon angerufen hätten, aufgeregt und entschlossen, ein »Komitee zur Verhinderung der Prostitution in Oberkirchen« zu gründen. Christina sollte auch beitreten. Weil sie sich so leicht keinen Spaß entgehen läßt, wollte Christina unbedingt hin und sich die Entrüstung der Frauen anhören. Sie redete auf mich ein, sie zu begleiten, aber ich begebe mich noch nicht einmal aus Spaß in die Nähe solcher intoleranten Bürgerkomitees. Natürlich wußte Christina das. Sie wußte aber auch, daß ich mir hinterher immer gern anhöre, was sie zu erzählen hat.

Leider kam das Komitee nicht zustande, da nur zwei Frauen entrüstet waren und ein Mann. Da der aber immer entrüstet war, nahm ihn sowieso keiner ernst. In der nächsten Woche zog Gaby-Yasmine ein. Schon am Tag nach ihrem Einzug fanden wir alle kleine rosa Kärtchen im Briefkasten, auf denen stand:

Einladung zum Einstand
Freitag ab 20 Uhr (c.t.)
Machen Sie Yasmine das Vergnügen –
bevor Sie es Ihnen macht.

Witzig schien sie also auch noch zu sein. Weil wir sie nicht kränken wollten, gingen wir hin. Alle anderen – bis auf die Entrüsteten – kamen auch. Die meisten hatten tatsächlich Brot, Salz und einen Pfennig mitgebracht. Sie schaute auf den Pfennig, kniff ein Auge zu und sagte: »Der reguläre Tarif ist aber etwas höher.« Alle lachten, ich auch. Die Wohnung war sehr adrett, wir konnten keinerlei Umzugsspuren mehr entdecken. Sie mußte die letzten Nächte durchgearbeitet haben. Und alles war unglaublich sauber. »Wie geleckt«, meinte Christina leise zu mir. Gaby-Yasmine zeigte uns tatsächlich das ganze Haus. Als sie allerdings ihre Spezialausrüstungen vorführen wollte, stoppte irgend jemand sie. »Auch nicht den Herren?« fragte sie höflich, und als die wie eingeübt den Kopf schüttelten, bot sie noch Champagner an.

Wider Erwarten freundete ich mich mit ihr an. Sie erzählte ein bißchen von ihrer Arbeit und ich von meiner. Aber sie war sehr diskret, verriet nie, ob jemand aus dem Dorf zu ihren Kunden gehörte. Hinter ihrem Haus liegen ein Parkplatz und eine Garage, die man von der Straße aus nicht einsehen kann. Es ist mir noch nie gelungen, einen Wagen beim Einbiegen in ihr Grundstück zu beobachten. Allerdings schaue ich auch nicht sehr oft hin. Christina ist da direkter, einmal hat sie sich einen ganzen Abend lang in ihrem eigenen Wagen auf die Lauer gelegt. Aber es kamen nur auswärtige Autos. Als wir Gaby-Yasmine fragten, ob sie etwa eine überregionale Berühmtheit sei, sagte sie, daß sie in den großen Tageszeitungen annoncierte und die Männer bis zu 200 Kilometer weit führen, damit man sie nicht erkenne. Außerdem waren Christina und ich uns ziemlich sicher, daß sich aus unserem Dorf keiner der Männer traute, zu ihr zu gehen.

Ich habe inzwischen schon eine ganze Menge über Gaby-Yasmines Praktiken erfahren und plane jetzt ein Buch über Prostitution auf dem Lande. Endlich mal eine Abwechslung nach all den Tier- und Kinderbüchern. Als ich ihr von meinem Projekt erzählte, meinte sie, ich sollte es doch selbst einmal probieren. Sie ist sonst mir gegenüber eigentlich eher dezent, deshalb reagierte ich etwas spitz. »Nein, nicht direkt«, klärte sie mich auf, »telefonisch.« Allmählich bekam ich große Hochachtung vor den vielfältigen Talenten von Gaby-Yasmine. Telefonsex machte sie also auch. »Länger als drei bis acht Minuten brauchen die nie«, sagte sie, »und wenn einer nach 20 Minuten noch nicht gekommen ist, sage ich: Jetzt bin ich aber erschöpft, du hast mich richtig fertiggemacht, nun muß ich mich erst mal ausruhen.«

Ich hörte ihr einige Male dabei zu, und es schien ganz einfach zu sein. Besonders komisch fand ich, daß sie an diesen Vormittagen ihre gesamten Büroarbeiten erledigte. Sie saß da, stöhnte und hechelte ins Telefon und füllte dabei ihre Steuererklärung aus. Bevor ich sie das erste Mal ablöste, verriet sie mir noch ein paar Tricks. Zum Beispiel im Umgang mit Intellektuellen: »Die meisten Normalen erwarten, daß du ihnen sagst, du sitzt hier in schwarzen Strapsen, kniehohen Lederstiefeln, gerade machst du deinen Spitzen-BH auf. Oder frag' die, ob sie das vielleicht lieber selber machen möchten. Wenn du aber das Gefühl hast, das ist ein Intellektueller, dann erzählst du ihm, du sitzt hier ganz normal in Jeans und T-Shirt. Du, dann ist der so verblüfft darüber, daß du die Wahrheit sagst, und von da an kannst du ihm erzählen, was du willst, der glaubt dir alles.«

Bei den ersten Versuchen ließ ich meinen Kassettenrecorder mitlaufen. Aber ich mochte es mir dann doch nicht noch einmal anhören. Pro Gespräch mußten die Männer 80 Mark auf Gabys Konto überweisen. Ein Drittel zahlte sofort, ein weiteres Drittel nach der ersten schriftlichen Mahnung, die ihnen ins Haus geschickt wurde. Wenn sich nach der zweiten Mahnung noch nichts tat, übergab Gaby die Angelegenheit einem Mahn- und Inkassobüro. Dann zahlte auch der Rest.

Gaby schlug vor, daß wir uns das Geld, welches die Männer auf Gabys Konto überwiesen, teilen sollten. Die Firma, in der sie früher gearbeitet hatte, zahlte ein Grundgehalt von zehn Mark pro Stunde und zehn Mark für jedes Gespräch. Insofern machte ich bei Gaby also einen recht guten Schnitt.

Ich wußte genau, was passieren würde, wenn ich Christina von dieser Sache berichtete. Natürlich brannte sie darauf, es auch zu probieren. Da Christina gern herumalbert und viel kichert, hatte sie bald einen ganz eigenen Kundenstamm. Unser Nebenjob sprach sich schnell unter den Frauen des Dorfes herum. In erster Linie natürlich, weil Christina nicht den Mund halten konnte. Nach und nach kamen mehr Frauen dazu, erst waren sie nur neugierig, wollten mal horchen, wie wir das machten. Als sie merkten, wie einfach es ist, probierten sie es auch aus. Bald hatten wir einen richtigen kleinen Frauenstammtisch zusammen. Wir waren uns einig, daß dies nur was für Frauen war. Unsere Männer erfuhren nichts davon. Nach einer Weile, als sie sich überzeugt hatte, daß wir die Sache locker selbst regeln konnten, ließ Gaby uns allein, machte Einkäufe oder fuhr in die Stadt zu ihren Eltern. Sie war ziemlich froh, so viele Tage in der Woche frei zu haben. Und obwohl ich diese Sache nur vorübergehend und zu Studienzwecken betrieb, war ich ehrlich gesagt auch froh über das kleine zusätzliche Einkommen, denn in letzter Zeit zerrann Ralf und mir das Geld buchstäblich unter den Händen. Mein Dezembergehalt betrug 700 Mark, die mir Gaby in vier Fünfzigern und einem Fünfhundertmarkschein auszahlte. In den Fünfhunderter war ich geradezu verliebt, so leicht verdiente ich mein Geld mit den albernen Tiergeschichten nicht. Ich malte ein kleines grünes Herz in die linke untere Ecke und beschloß, ihn nicht so bald auszugeben.

In den nächsten Wochen lief alles wirklich klasse. Wir Frauen verstanden uns immer besser. Es brauchte ja jeweils nur eine von uns Telefondienst zu machen, die anderen klönten. Wir lernten uns in dieser Zeit richtig gut kennen, unsere Wünsche, Vorlieben, Sorgen. Auch die anderen beklagten den massiven Geldverfall der letzten Zeit und waren froh, daß sie ihn auf diese Weise einigermaßen elegant wieder auffangen konnten. Wenn Gaby dann wiederkam, setzte sie sich immer noch eine Weile zu uns und plauderte, bevor ihre Abendtermine anfingen und wir nach Hause gingen, um das Abendessen vorzubereiten, das pünktlich um 19 Uhr auf den Tisch kommt.

In letzter Zeit hatte ich einen ganz persönlichen Stammkunden bekommen, so einen komischen Vogel, der zweimal wöchentlich anrief – Donnerstagmorgen und Freitagabend – und dem ich immer nur von meinen Füßen erzählen mußte, Hühneraugen, Hornhaut, eingewachsene Nägel, alles wollte der wissen. Besonders liebte er offenbar den Augenblick des Schuhanziehens. Immer wieder mußte ich ihm beschreiben, wie es sich anfühlte, in einen zu engen Schuh zu schlüpfen. Wenn es mir zu lange dauerte, sagte ich einfach: »Du kannst mich an die Füße fassen.« Und schon kam er.

Ich liebte mein locker verdientes Geld. Allerdings begann ich in dieser Zeit, regelmäßig zur Fußpflegerin zu gehen, und das kostete auch einiges. Aber trotzdem konnte ich jetzt manchmal richtig großzügig sein. Anfang Januar, zu unserem Hochzeitstag, lud ich Ralf zum Essen in den Wachtelhof ein, ein ziemlich teures Restaurant, und als er darüber verblüfft war, zuckte ich nur mit der Schulter und sagte locker: »Vorschuß für mein neues Buch.« Seinen Blick habe ich genossen. Leider mußte er mich danach sofort anpumpen, und das verdarb mir ein wenig den Spaß. Aber da es einfach pikant ist, die Gönnerin zu spielen, und er tatsächlich neue Winterreifen brauchte, zückte ich meine Brieftasche – ich versuchte, keine große Geste daraus zu machen – und gab ihm den Fünfhunderter. Ich dachte zwar: »da geht er hin, der schöne Schein», ließ mir aber nichts anmerken.

Allmählich wurde auch die Arbeit bei Gaby zur Routine, die Wünsche der Männer waren doch immer auf denselben kleinen Bereich begrenzt – abgesehen von meinem Fuß-Freund.

Dann kam der 31. Januar, Gehaltstag. Gaby hatte Apfelstrudel und Schlagsahne vom Bäcker mitgebracht und für jede von uns ein kleines Orchideengesteck. Wir saßen bei Kaffee und Kuchen zusammen und tauschten den Dorfklatsch aus. Da stellte Christina eine Frage, über die wir alle schon mal nachgedacht hatten: »Sag mal, was heißt eigentlich ›maltesisch‹? Gestern rief einer an und wollte einen Termin für ›maltesisch‹.« – «Ach, maltesisch«, erklärte Gaby, »das gibt es gar nicht, das hab ich mir nur ausgedacht. So in Anlehnung an den Malteser Hilfsdienst. Das bedeutet, daß ich auch Hausbesuche mache.« Dann zahlte sie uns das Januargehalt aus. Ich war offenbar wieder so fleißig gewesen wie im letzten Monat, denn ich erhielt einen fast neuen Fünfhundert-Mark-Schein. In der linken unteren Ecke war ein kleines grünes Herz aufgemalt.

FRÜHLING

Brust an Brust

Selma liebte kluge Frauen mit großen Brüsten. In dieser Hinsicht hatte sie mit Ingeborg den richtigen Griff getan. Ingeborg war Professorin für englische Sprache und besaß einen herrlichen Busen; ihre Habilitationsarbeit hatte sie über regionale Unterschiede mundartlicher Rufe geschrieben, mit denen Bauern das Vieh lockten. Diesem Thema galt Ingeborgs ganze Begeisterung. Ihre Liebe aber galt Selma.

Eine Liebe, die Ingeborg anfangs in große Panik gestürzt hatte. Die Frage, ob man – beziehungsweise frau – Frauen lieben darf, spezieller noch, ob sie das dürfe, hatte sich Ingeborg erst relativ spät im Leben gestellt: Mit 45 Jahren war ihr die 23jährige Selma begegnet und hatte alles über den Haufen geworfen, was Ingeborg bislang von sich gedacht hatte. Für Selma hatte Ingeborg Mann, Hund, Segelboot und Eigentumswohnung auf Sylt verlassen. (Behalten hatte sie Tochter, Wertpapiere und Haus in Hamburg-Winterhude.)

Selma hingegen hatte sich die Frage, ob sie Frauen lieben dürfe, nie gestellt. Sie hatte es getan. Selma stammte aus einer normalen, gutbürgerlichen Familie. Weder war sie geprägt durch eine problematische Mutterbeziehung noch haßte sie ihren Vater. Sie war weder zu kurz noch zu lange gestillt worden. Niemand hatte sie in der Kindheit mißbraucht, und am älteren Bruder hing sie mit angemessener schwesterlicher Liebe. Selma hatte überhaupt nichts gegen Männer. Es war nur so, daß ein Wesen ohne Brüste einfach keinen Reiz für sie besaß.

Die Männer allerdings fanden Selma sehr reizvoll. Kein Wunder, sie war eine besonders schöne Frau mit weißblonden Locken, grünen Augen und der fast durchsichtigen Haut echter Blondinen. Darüber hinaus betonte sie ihre Schönheit nach Kräften: Sie kannte die besten Geschäfte für rasante Bodies, witzige Leggings und italienische Schuhe. Ihr Nagellack paßte stets zum Lippenstift, ihre langen Wimpern waren dunkelbraun gefärbt, und alle überflüssigen Körperhaare entfernt. Selma war glatt und schier und schön. Eine Feministin war sie nicht.

Selmas Erscheinung führte zwangsläufig zu Mißverständnissen. So beim Tangokurs in der Hamburger Frauenkneipe Stresemannstraße. »Was will denn die Heteroschnalle hier?« dröhnte eine Dicke im Motorradoutfit, als sich die Tür öffnete und Selma – in Pumps und blauer Seide – hereinwehte. Selma wollte natürlich Tango tanzen. Keine wagte, sie aufzufordern. Da Selma sich gern auffordern ließ, blieb sie sitzen, ein Mauerblümchen zwischen lauter Frauen mit Bürstenhaarschnitt und Lederhosen, die sich nicht vorstellen konnten, daß dieser Rauschgoldengel hier war, um mit ihnen zu tanzen.

Während eines Hauptseminars waren Selma und Ingeborg einander zum erstenmal begegnet. Es war April. Die ersten Frühlingstage hatten Tulpen und Forsythien erblühen lassen und auch Ingeborgs oberste Blusenknöpfe geöffnet. Ingeborg hatte gerade tief Luft geholt und die Lippen gespitzt, um ihren Studenten vorzuführen, wie Bauern westlich des Susquehanna ihre Kühe zum Melken rufen: »Sookie, sookie, sookie«. Da öffnete sich die Tür, und Selma, Informatik- und Anglistikstudentin im sechsten Semester, wie immer ein wenig verspätet, betrat den Raum. Tiefes Einatmen brachte Ingeborgs körperliche Vorzüge stets aufs Eindrucksvollste zur Geltung. Fasziniert blieb Selma stehen und ahmte unwillkürlich Ingeborgs Ruf nach: »Sookie, sookie, sookie.« Dieser eigenartige Dialog löste große Heiterkeit unter den Studenten aus. Aber nur Selma begriff, was sie in Ingeborg angerührt hatte.

Im folgenden Monat zog Selma zu Ingeborg, und Hinnerk, Ingeborgs Mann, zog wieder zu seiner Mutter. Nach drei Monaten großer Zufriedenheit entwickelte Ingeborg heftige Schuldgefühle. Das Objekt war zuerst Hinnerk, aber als Selma erzählte, sie habe noch nie im Leben mit einem Mann geschlafen, begann Ingeborg sich ihretwegen die Nächte zu zergrübeln. Durfte sie Selma an sich binden? Zerstörte sie nicht ihre Zukunft? War Selma nicht zu jung, um eine so einschneidende Wahl zu treffen? Ja, konnte sie überhaupt wählen, da sie die Alternative noch gar nicht kannte?

Selma, so beschloß Ingeborg, mußte mit einem Mann schlafen. Selma fand diese Idee abartig. Aber Ingeborg war überzeugt, daß jeder Mensch seine Neigungen frei wählen dürfe – nein, müsse. Und sie legte beeindruckende Aktivitäten an den Tag, um Selmas freie Wahl massiv zu fördern. In ihren Seminaren führte sie nun ein System von Ko-Referaten ein, die sie stets gegengeschlechtlich vergab, da sich, so Ingeborg, »männliche und weibliche Betrachtungsweisen hervorragend ergänzen«. Darüber hinaus leitete sie Exkursionen durch ländliche Gebiete Englands. Man übernachtete in Heuschobern, um vor Ort die Rufe der Bauern aufzunehmen, mit denen sie die Kühe beim Melken beruhigten (dabei stieß man auf ein bisher nicht dokumentiertes »cu-boy, cu-boy, cu-boy« – eine Sensation in der Dialektforschung, der Ingeborg ihren späteren Ruf an die Universität Saskatchewan verdanken würde).

Bei all dem litt Ingeborg durchaus unter der Möglichkeit, Selma könnte sich tatsächlich in einen der durchaus willigen Kommilitonen verlieben. Phantasien von Selma und einem jungen Mann quälten sie in denkbar unpassenden Momenten. Dennoch hielt sie es für ihre Pflicht, Selma die ganze Vielfalt des Lebens zu eröffnen.

Als trotz Exkursionen, Parties, häufig wechselnden Assistenten kein Kommilitone den erhofften Erfolg hatte, fiel Ingeborgs Augenmerk auf Frieder, den 26jährigen Sohn ihres ältesten Bruders. Frieder studierte Medizin und sollte später die einträgliche Kurklinik seines Vaters im Bergischen übernehmen. Blaß, aber eifrig hörte sich Frieder die Wünsche seiner Tante an und fuhr dann mit Selma zum Abendessen in den Jorker »Herbstprinzen«, ein romantisches Restaurant im Alten Land. Ingeborg hatte den Alkoven reservieren lassen, ein winziges Speisezimmer für zwei Personen, und Menüfolge, Hotelzimmer sowie ein Taxi bestellt und bezahlt. Es war 21 Uhr, und während Ingeborg zu Hause auf und ab ging, den Fernseher ein- und ausschaltete, ließ sich Selma Champagner, rosa Champignons und Filetspitzen in Feigenrahm schmecken. Frieder hingegen brachte keinen Bissen hinunter. Selma führte das auf jene Erregung zurück, die Männer häufig in ihrer Nähe befiel, und war einigermaßen überrascht, als Frieder ihr händeringend mitteilte, er könne seinen Auftrag leider nicht erfüllen, da Wesen ohne Haare auf der Brust einfach keinen Reiz auf ihn ausübten. Von dieser Disposition dürfe allerdings niemand in seiner Familie etwas erfahren, da die Kurklinik sonst an Frieders jüngere Schwester Erdmute fallen würde, da sei sich Frieder sicher, er kenne schließlich seinen Vater.

Selma war sofort zu Stillschweigen bereit. Am Morgen kehrte sie ausgeruht und heiter zu Ingeborg zurück. Diese, übermüdet und von Zweifeln gepeinigt, wartete an der Haustür auf die Geliebte. Selma brachte ihr schonend bei, daß sie die Begegnung mit einem Mann durchaus als eine gewisse Bereicherung empfunden hätte. Wenn Ingeborg es ertragen könne, wolle sie das Erlebnis wiederholen. »Wie oft?« fragte Ingeborg angstvoll. »Wenn du nichts dagegen hast, einmal im Monat«, erwiderte Selma, »und nur mit Frieder.«

So waren alle zufrieden: Frieder, weil er sein Geheimnis in guten Händen wußte. Ingeborg, weil sie einmal im Monat heftig litt und so die Schuld für das Verlassen ihres Mannes sühnen konnte. Und Selma, weil sie heimlich, aber mit stichfestem Alibi, ihrer Lust auf ein weiteres Paar Brüste frönen konnte. Ingeborgs Tochter nämlich hatte die Figur der Mutter geerbt. Aber nichts von ihrer schwermütigen Verfassung.

Bleibt nur noch zu erwähnen, was Ingeborg in dieser Zeit tat: Sie besuchte ihren Mann, hörte sich seine Nöte und Sorgen an, machte ihm und seiner Mutter das Haus gründlich sauber. Und dann schlief sie mit ihm.

Libido al dente

»Huch«, sagte Gislind, als ihre Spaghetti à la Bolognese ins Rutschen kamen und in hohem Bogen im Gittergeflecht der Stuhllehne landeten. Dort hingen sie nun wie in einem Sieb, rosa, dünn und glitschig, während Gislind errötend in die Hocke ging und mit beiden Händen in den Nudelmatsch griff.

Die Herren in der Kantine sahen das gern. Denn Gislind war eine dieser großen, üppigen Frauen, an denen sich die Phantasien kleiner, dürrer Männer leidenschaftlich emporranken. Auf Feiern und Vernissagen umgurren und umflirren sie diese Frauen, ohne je den Mut zu haben, ihnen wirklich nahe zu kommen. Denn genauso groß wie ihre Lust ist ihre Angst.

Gislind war auch eine laute Frau. Alles an ihr war laut, ihre Stimme, ihr Gang, ihr Lippenstift und ihr Parfüm. Sogar ihr Busen machte ein Geräusch. Diese Information wurde auf der Herrentoilette des Medienkonzerns, in dem Gislind als Chefsekretärin arbeitete, flüsternd gehandelt. In jeder Mittagspause begleiteten zwei oder drei Kollegen Gislind in die Kantine und lauschten beglückt dem saugenden Schmatzen, das zwischen den beiden, meist zur Hälfte enthüllten Brüsten entstand, wenn Gislind kräftig ausschritt. Der Gang in die Kantine war lang und interessant. Es gab mehrere Treppen, auf denen das Wogen in ein unregelmäßiges Wippen überging, und eine lange ansteigende Linkskurve, in der Gislinds Brüste einen faszinierenden Außendrall bekamen. Die Schlußgerade hielt manchmal eine besondere Freude bereit, und zwar immer, wenn es Nudeln gab. Gislind liebte Nudeln. Schon der Geruch bereitete ihr Vergnügen. Sie atmete tief ein, und ein feiner feuchter Film überzog Nase, Oberlippe und Dekolleté, und das sei dann so, hatte mal ein nicht ganz stilsicherer Kollege geschwärmt, als ob sich ihr Busen die Lippen lecke.

Noch mehr als Nudeln zu essen, liebte Gislind es, sie anzufassen. Das allerdings war ein wenig ungewöhnlich, und so gestattete sie sich auch nur bei jeder dritten, vierten Nudelmahlzeit jenen Trick mit dem schiefen Teller. Beim Abstellen hielt sie den Teller so schräg, daß die Nudeln auf den Tisch zu rutschen drohten. »Huch«, sagte sie dann und packte zu, mitten hinein in die flutschenden Spaghetti, die matschigen Makkaroni. Dieser Griff in die weiche Nudelmasse, die zwischen ihren Fingern hervorquoll, bescherte ihr eine heiße Welle, die von der Hand aus ihren ganzen Körper überflutete. Ihr Erröten hielten die Kollegen für Verlegenheit.

Gislind liebte Nudeln mehr als Männer. Kein Mann hatte je so ein Gefühl in ihr geweckt, wie eine einzelne Nudel es konnte. Für ihren Mann war das eine große Überraschung gewesen. Er, ein schmächtiger, aber mutiger Herr namens Otto, hatte ganz selbstverständlich angenommen, daß Gislind ebenso leidenschaftlich sein würde, wie er sie begehrte. Aber Gislind war keine leidenschaftliche Frau. Immerhin, so tröstete er sich, war sie gutmütig und verständnisvoll. Sie lächelte gerührt, wenn er ihr im – abgedunkelten – Schlafzimmer »Brünhilde« zuraunte und dann einkehrte in das, was er »mein Walhalla« nannte. Und alle paar Monate geschah es, daß sie ihn spitzbübisch anschaute, »Otto, der Berg ruft«, flüsterte und niedersank auf dem Kanapee.

Meist ereignete sich dies nach einem Nudelessen. Dann nämlich erhoffte sich Gislind von Otto etwas, das Nudeln nicht leisten konnten: Sie konnten Gislind erregen, doch sie konnten sie nicht befriedigen. Aber auch Otto konnte das nicht.

Merkwürdigerweise war Otto der Zusammenhang zwischen dem Nudelgericht und der Bereitschaft seiner Frau nie aufgefallen. Oder wollte er ihn nicht sehen? Einmal hatte er sie überrascht, puterrot, stöhnend und bis zu den Ellbogen im Nudelauflauf. Der müsse weichgewalkt werden, behauptete sie wenig überzeugend. Seither besuchte ihr Mann sie nur noch selten in der Küche.

Auf welche Weise auch immer sie zustande kamen, die Ergebnisse ihrer Kochkunst befriedigten Otto immer. Gislind war eine hervorragende Köchin. Zehn Jahre ihres Lebens hatte sie ihre kränkelnde, nach der Geburt von Sechslingen ausgelaugte Mutter versorgt und mit immer neuen leckeren Speisen verwöhnt. Gislinds Mutter war eine recht späte Erstgebärende gewesen, als sie mit 42 Jahren Gislind und ihre fünf Geschwister erwartete. Noch während der Schwangerschaft, die natürlich durch starke Hormongaben ausgelöst worden war, starb Gislinds Vater. Der altmodische Ausdruck, er sei dahingesiecht, traf auf ihn wahrhaftig zu. 22 Jahre hindurch hatte er sich nach Kräften bemüht, seine Frau zu schwängern, und war dabei immer weniger geworden. Als dann einige seiner Spermafädchen – mit tatkräftiger Hilfe der chemischen Industrie – schlußendlich siegreich bei seiner Frau eingekehrt waren, betrachtete er seine Aufgabe als erfüllt und verschied.

Die Geburt, die geradezu explosionsartig vor sich ging, war natürlich eine Katastrophe, und in dem Gewühl wäre Gislind beinahe zusammen mit der Nachgeburt weggeworfen worden, so winzig und leblos wie sie war. Aber während alle Geschwister in den ersten Wochen starben, blühte das fünftgeborene, zwei Pfund und 100 Gramm schwere Mädchen im Inkubator geradezu auf und konnte von der Mutter sieben Wochen später, als es ein Gewicht von 5200 Gramm erreicht hatte, nach Haus geholt werden.

Mit 26 Jahren war Gislind der fleischgewordene Triumph. Sie liebte ihren Körper in seiner ganzen Fülle – 93 Kilo bei einer Größe von 1,76 Meter. Sie bewegte ihn mit Lust und Grazie. Sie liebte es, gut und viel zu essen. Sie lebte gern. Und dennoch hatte sie immer das Gefühl, das könne noch nicht alles gewesen sein. Sie wurde Stammkundin in »Pasta e Pizza«, und daheim experimentierte sie mit den unterschiedlichsten Nudelsorten: Hörnchennudeln, Krausbandnudeln, Muscheln, Sternchen und Spätzle. Leider jedoch ohne jemals wirklich befriedigt zu sein.

Eines Tages stand Gislind an der Salatbar im Kaufhof, weil ihr – zu den Champignons – noch die Nordseekrabben fehlten, mit denen sie am Wochenende eine frische Seezunge füllen wollte. Vor ihr erstand ein hektischer Herr im dunklen Anzug acht Senfgurken. Als die Verkäuferin ihm die Gurken reichte, entglitten sie ihm, und Gislind packte zu. Sieben fing sie auf, die achte flutschte aus der Plastiktüte, durch Gislinds Finger, landete auf dem Boden und glitschte zur Brottheke hinüber. Die Verkäuferin und der Herr im Anzug beobachteten den Vorgang mit starker Anteilnahme, aber Gislind bewegte er in besonderer Weise. Plötzlich wußte sie, wonach sie ihr Leben lang gesucht hatte. Sie erstand die restlichen Senfgurken – es waren 14 – und trug sie sofort nach Hause.

Im Waschbecken sahen die 14 Senfgurken ziemlich kläglich aus. Im Gefühl allerdings, das sie verursachten, wenn Gislind mit beiden Armen durch sie hindurchfuhr, übertrafen sie die Nudeln bei weitem. »Eine ganze Badewanne voll müßte man haben«, dachte sie. Die Durchführung dieses Wunsches erwies sich als recht kompliziert. Nicht so sehr die Beschaffung der Gurken machte ihr Probleme als mehr deren Lagerung und Entsorgung. Gislind und Otto besaßen eine dieser riesigen 180-Liter-Wannen aus Gußeisen auf Löwenfüßen. 180 Liter Senfgurken kosteten 342 Mark. Aber die Firma Carl Kühne, bei der sich Gislind zuerst erkundigte, lieferte nur in Zehn-Liter-Gefäßen. Wie sollte sie Otto die Lieferung von 18 Zehn-Liter-Gläsern Senfgurken erklären?

Außerdem schnitt Carl Kühne, so stellte sie nach dem ersten Probeglas fest, die Gurken in unsinnlich kleine Stücke.

Daher fuhr sie – Otto befand sich gerade auf einer Geschäftsreise – an einem langen Donnerstag durch die ganze Stadt, von Feinkostgeschäft zu Fischladen zu Supermarkt und belud ihren Volvo Kombi mit Senfgurken, hier drei, dort zehn, hier fünf, dort zwanzig, bis sie schließlich alle mitgebrachten Gefäße gefüllt hatte. Um 21 Uhr war sie endlich zu Hause, um 22.40 Uhr hatte sie die gesamte Ladung in ihre Wohnung im dritten Stock (ohne Fahrstuhl) geschafft, um 23.15 Uhr die Badewanne zum zweitenmal mit heißem Wasser gefüllt, denn die Gurken waren kalt, und Gislind strebte ein wohlig warmes Bad an.

Um 23.30 Uhr schließlich ließ sie ihre Kleider zu Boden fallen, während sich die Vorfreude in kleinen Pfützen überall sammelte. Dann glitt sie in die Wanne.

Um 0.10 Uhr öffnete Otto, der zwei Tage früher als erwartet nach Hause gekommen war, die Tür zum Bad in der frohen Erwartung, seine Gislind errötend im Schaume vorzufinden. Er fand sie errötend. Allerdings in einer wogenden, überschwappenden Wanne mit 180 Litern glatten, weichen, glitschigen, warmen, grünlich weißen Senfgurken.

Otto war ein pragmatischer Mann. Er schaffte einen größeren Müllcontainer an, und dort landeten dann alle vier Wochen 180 Liter Senfgurken, die leider nur zu einmaligem Gebrauch taugten. Aber was soll's, dachte er, lieber eine laute leidenschaftliche Frau einmal im Monat in einer Wanne voller Gurken lieben als eine stille Kühle im dunklen Schlafzimmer.

Was in den Sternen steht

Im Alter von fünf Jahren, vier Monaten und elf Tagen wurde die kleine Ignatia Bierbichler von einem Ufo entführt. Es war 8.17 Uhr am Morgen, die Sonne stand gerade im Sternbild der Venus, die ganze Nacht hatte es geregnet, und zwei der Kühe würden in einer halben Stunde Koliken bekommen. Ignatia hatte lange schwarze Haare und trug ein blaues Kleidchen mit weißer Schürze und weiße Kniestrümpfe, die straff nach oben gezogen waren. Sie betrat gerade den alten Heuschober ihres Großvaters, um nachzuschauen, ob die Katze in ihrem Versteck schon Junge bekommen hatte, als sie ein eigenartiges Sirren in der Luft hörte. Ignatia blieb stehen und schaute sich um. Vom Himmel senkte sich ein flaches Gebilde ganz langsam auf die Erde herab. Es sah aus wie zwei Zinnteller, die so aufeinandergelegt waren, daß sie eine Höhlung formten. In ungefähr zehn Metern Entfernung landete es. Neugierig lief Ignatia näher und sah, wie sich klappenartige Türen öffneten, aus denen vier vollkommen weiße Wesen heraustraten. Sie kamen auf Ignatia zu, faßten sie an den Händen und zogen sie in das Ufo hinein. Dann flogen sie mit ihr fort.

Sie flogen mit Ignatia zur Venus, zeigten ihr die Umgebung, und dann nahmen sie eine schmerzlose Operation an ihrer Rückseite vor. Ohne Betäubung und ohne Instrumente, einfach mit ihren Händen. Es entstand keine Wunde, und alles heilte sofort wieder zu. Ignatia lebte ungefähr 80 Jahre in größter Zufriedenheit auf der Venus, sie heiratete in dieser Zeit und bekam zwei Kinder mit strohblonden Haaren. Dann bugsierten die Venus-Bewohner, die sie von der Erde abgeholt hatten, Ignatia wieder in das Ufo und brachten sie zur Erde zurück. Dort war es gerade 8.47 Uhr am Morgen, die Sonne stand im Sternbild der Venus, es hatte die ganze Nacht hindurch geregnet, und die Kätzchen waren alle totgeboren. Aus dem Heuschober kam der Knecht gelaufen und rief: »Zwei Kühe haben Kolik.«

Ignatia schaute sich um, zog die heruntergerutschten Kniestrümpfe hoch, klopfte sich die Spreu vom Kleidchen und ging ins Haus. Den ganzen Tag über wunderte sie sich sehr, daß niemandem ihre 80 Jahre währende Abwesenheit aufgefallen war. Aber in der folgenden Nacht kam das Ufo mit den weißen Wesen von der Venus zurück, und sie löschten alle Erinnerungen in Ignatia aus. So vergaß sie die 80 Jahre, die sie auf der Venus verbracht hatte, und was sie dort erlebt hatte. Sie vergaß ihren Venus-Ehemann, ihre Venus-Kinder und war wieder ein ganz normales Erdenkind.

Als sie im nächsten Jahr zur Schule kam, fiel dem Schularzt eine lange Narbe an ihrem Rücken auf, aber niemand konnte sich erinnern, wie die entstanden war. Deshalb dachte auch niemand weiter darüber nach. Ignatias Schulzeit verlief normal und ohne besondere Vorkommnisse, einmal blieb sie sitzen, und weil sie eine außergewöhnliche Begabung für Fremdsprachen besaß, wurde sie nach dem Abitur Übersetzerin und Dolmetscherin für Russisch und Englisch. Mit 16 Jahren hatte Ignatia ihren ersten Freund, mit 18 eine Abtreibung, und mit 24 heiratete sie.

Mit 27 Jahren fiel es ihr alles wieder ein.

Und zwar genau am Freitag, den 19. Oktober 1992, abends um 19.35 Uhr mitten im renommierten Düsseldorfer Nikko-Hotel. Die Redaktion einer Zeitung hatte sie als Dolmetscherin für Interviews mit zwei Wissenschaftlern, einem Amerikaner und einer Russin, engagiert. Da Ignatia sehr kurzfristig in das Hotel bestellt worden war, hatte sie keine Ahnung, um welche Themen es sich bei den Gesprächen handeln würde, aber das war sie bei Aufträgen von der Presse gewohnt. Sie hatte gerade noch Zeit gehabt, ihre kurzen schwarzen Haare zu bürsten, daß die Funken flogen, die Lippen anzumalen und sich ihr grünes Cape überzuwerfen.

Ignatia war eine bodenständige junge Frau mit viel Sinn für das Greifbare – darunter verstand sie Eigentum, Grundbesitz und ein solides Bankkonto. Deshalb war sie ein wenig irritiert, als ihr im Nikko-Hotel, wo sie sonst auf seriöse, überwiegend dunkel gekleidete Geschäftsleute traf, der Duft von Räucherstäbchen entgegenwehte sowie Frauen in weiten, selbstbemalten Gewändern. Ein aufgeregter kleiner Journalist mit Kassettenrecorder, Bürstenhaarschnitt und ungeputzten Schuhen eilte auf Ignatia zu und sprach die inspirierenden Worte: »Da sind Sie ja endlich.« Dann erfuhr sie, daß sie mitten in einem UFO-Kongreß gelandet war. Der Journalist nannte es allerdings New-Age-Kongreß, aber das war wohl zur Zeit das schickere Wort. »5. Welt-UFO-Konferenz« las Ignatia auf den Plakaten, »Dialog mit dem Universum« – und sofort wünschte sie sich wieder nach Hause zurück, wo sie sehr viel lieber den Dialog mit ihrer Nachbarin über eine gemeinsam anzulegende Taxushecke fortgesetzt hätte, als sich hier mit abgehobenen Phantasien zu beschäftigen.

Aus entgegengesetzten Ecken der Hotel-Lobby hatte der Journalist inzwischen eine üppige, dramatisch geschminkte ältere Dame und einen freundlichen blonden Überkämmer zusammengescheucht. Die stellte er jetzt als russische Kosmonautin und amerikanischen NASA-Experten vor. Wenigstens die sind solide, dachte Ignatia, während man das japanische Restaurant betrat – zum Entsetzen des Amerikaners: Es war Abend, und er hatte Hunger auf Hamburger. Aber der Journalist wollte immer schon mal japanisch essen gehen.

Das Interview gestaltete sich recht chaotisch, da die Russin mit leidenschaftlichen Gesten und sich überschlagender Stimme auf lauter Fragen antwortete, die der Journalist nie gestellt hatte. Aber immerhin erfuhr man, daß Gorbatschow offenbar auch im interplanetarischen Raum große Sympathien genoß, denn in den Zeiten von Glasnost hatten die UFOs sicherlich mit Bedacht ihre Hauptaktivitäten aus Amerika und den Niederlanden nach Rußland verlegt. Dieses konnte der NASA-Experte so nicht auf sich sitzen lassen, und er konterte mit UFO-Landungen in dem kleinen Ort Gulf Breeze in Florida, mit UFO-Entführungen am hellichten Tag und mit abgestürzten UFOs, die die NASA an einem geheimen Ort versteckt hielte. Da sie ihre gesamte Konzentration für das simultane Übersetzen aus und in drei Sprachen benötigte, verschob Ignatia ihr Entsetzen über diese abwegigen Geschichten auf später.

Dann erschien der japanische Ober, um die Speisekarten zu überreichen. Eine Gesprächspause trat ein, als er sich so tief verbeugte, daß Ignatia über ihn hinweg in die Lobby des Hotels blicken konnte. Dort erscheint im selben Moment ein ungewöhnlich großer, vollkommen weiß gekleideter Mann, der von einem intensiven roten Schein umgeben ist. Ignatia weiß nicht, daß das seine Aura ist. Er blickt ihr in die Augen. Ignatia kann durch sein weißes Gewand schauen, unter dem er vollständig nackt ist, und sieht einen bemerkenswert großen Penis. Sie steht auf, um ihm zu folgen, und läßt drei Menschen zurück, die in jeder Hinsicht unfähig sind, sich miteinander zu verständigen.

Als Ignatia in der Halle steht, ist der Mann verschwunden, aber nun hört sie einen eigentümlichen Klang und versucht, zu seinem Ursprung zu gelangen. Dabei gerät sie in den Vorraum eines Vortragssaales, aus dem gerade viele aufgeregte Menschen strömen. Einige weinen. Sie zeigen sich Zeichnungen von merkwürdigen Wesen mit großen mandelförmigen Augen, und eines davon erkennt Ignatia. Es ist ihr Venus-Mann.

Ignatia bückt sich, um ihre Kniestrümpfe hochzuziehen. Da bemerkt sie, daß sie Nylons trägt und ist zutiefst verwirrt.

Sie schaut sich um und sieht, daß sie nicht mehr auf dem Hof ihres Großvaters steht. Doch wo ist sie? Viele Menschen sind um sie herum. Wer sind die? Plötzlich tritt ein großer Mann, der von einem roten Schein umgeben ist, an sie heran und sagt: »Sei nicht verwirrt, Stella. Wir sind zurückgekommen und bringen dir deine Erinnerungen wieder.« Da weiß Ignatia wieder, daß sie 80 Jahre auf der Venus verbracht hat. Alles, was sie dort erlebt hat, fällt ihr wieder ein, und eine unbändige Sehnsucht nach ihrer Familie überkommt sie.

Daraufhin nennt sie sich Stella und will wieder zur Venus zurück. Doch das ist leichter gesagt als getan. Es gelingt ihr ja kaum, aus dieser Menschenansammlung fortzukommen. Besonders von einem aufgeregten kleinen Mann mit Bürstenhaarschnitt kann sie sich fast nicht befreien. Der rennt ihr überall hin nach, zupft und zerrt an ihrem Ärmel und sagt immer wieder: »Sie müssen zurück! Sie müssen zurück!« Aber genau das will Stella ja. Doch wie?

Sie verläßt das Hotel und irrt durch Straßen, die sie nie zuvor gesehen hat. Da bemerkt sie eine Handtasche an ihrem Arm und bleibt in einer Hofeinfahrt stehen, um zu schauen, was darin ist. Es ist eine Ledertasche mit mehreren Fächern. Sie findet ein kleines Portemonnaie mit Münzen und Scheinen sowie ein Etui mit dem Foto einer erwachsenen Frau mit kurzen schwarzen Haaren, die sie noch nie im Leben gesehen hat. Sie selbst ist blond. Hat Stella die Handtasche etwa gestohlen? Es beginnt zu regnen, und dunkel wird es auch. Stella schaut auf die Armbanduhr an ihrem Handgelenk. Auch die ist nicht ihre eigene. Aber die Zeit lesen kann Stella schon. Die Zeiger zeigen auf 8.17 Uhr, und da die Sonne nicht mehr scheint, ist es sicher Abend.

Plötzlich steht ein großer Mann in der Hofeinfahrt. Er geht auf Stella zu und greift nach der Handtasche. Ist es etwa seine? Stella will sie gern zurückgeben. Sofort. Sie reicht ihm die Tasche. Er greift zu, läßt die Tasche aber gleich wieder fallen. Das ist merkwürdig. »Na, meine Süße, wo willst du denn hin?« fragt er. Stella ist erleichtert, vielleicht kann er ihr den Weg weisen. »Ich möchte gern zur Venus«, sagt sie. »Zur Venus«, lacht der Mann, »na, dann will ich dir mal zeigen, wo es längs geht.« Stella ist froh, das ist aber ein netter Mann, denkt sie, und Gottseidank weiß er auch den Weg.

Der Weg beginnt merkwürdigerweise hinter dem großen dunklen Tor in einer Garage. Als Stella die Garage betritt, hört sie hinter sich ein vertrautes Sirren in der Luft. Und als sie sich umschaut, sieht sie, wie sich ein flaches Gebilde ganz langsam vom Himmel auf die Erde herabsenkt. Es sieht aus wie zwei Zinnteller, die so aufeinandergelegt sind, daß sie eine Höhlung formen. In ungefähr zehn Metern Entfernung landet es. Stella ist unendlich glücklich, daß ihr UFO endlich zurück ist, um sie abzuholen. Während sie darauf zuläuft, sieht sie, wie sich klappenartige Türen öffnen, aus denen vier vollkommen weiße Wesen heraustreten. Sie fassen Stella an den Händen und fliegen mit ihr fort. Zurück zur Venus, wo Stella hingehört.

Dort lebt sie in größter Zufriedenheit, heiratet und bekommt zwei Kinder mit strohblonden Haaren. Nach etwa 80 Jahren bringen die Venus-Bewohner sie wieder zur Erde zurück. Dort ist es 8.47 Uhr am Abend, und es regnet. Sie will sich noch bei dem freundlichen Mann bedanken, der ihr den Weg gewiesen hat, aber der ist fort. Die Handtasche allerdings hat er nicht mitgenommen, dann kann es also nicht seine gewesen sein.

Als sie wieder auf die Straße tritt, kommt der Journalist mit dem Bürstenhaarschnitt auf sie zugerannt und ruft: »Um Himmels willen, wo sind Sie denn gewesen? Wir brauchen Sie doch!« Ignatia lächelt, zupft sich die Nylons zurecht und wirft sich das grüne Cape wieder über. Dann sagt sie: »Sie müssen verzeihen, mir war einen Moment lang nicht gut. Ich habe heute noch nichts gegessen, und dann der Geruch dieses rohen Fisches. Da ist mir mulmig geworden, und ich mußte an die Luft.« – »Nun aber schleunigst zurück«, drängt der Journalist sie mahnend. Und Ignatia fügt hinzu: »Außerdem mußte ich nach den Kätzchen schauen.« Aber das hört der andere gar nicht mehr, er zerrt schon wieder an Ignatia herum. Doch die muß erst noch einmal zu Hause anrufen. Wegen ihrer kranken Tochter, so sagt sie. In Wirklichkeit aber will sie natürlich mit ihrem Mann sprechen und vorsichtig herausfinden, ob der genauso wenig von ihrer 80jährigen Abwesenheit bemerkt hat wie der Journalist.

Schließlich geht sie zurück in das japanische Restaurant zu drei verstörten Menschen, die sich eine Stunde lang nichts zu sagen hatten. Bei ihrem Anblick brechen Verzweiflung und Erleichterung aus dem Amerikaner hervor: »I want a hamburger, please«, fleht er und versucht dabei, nicht auf sein Sushi zu schauen. Der japanische Ober eilt herbei und verbeugt sich tief. Hinter ihm sieht Ignatia einen vollkommen weiß gekleideten Mann, der von einem intensiven roten Schein umgeben ist. Unter seinem Gewand, durch das Ignatia hindurchschauen kann, ist er nackt, und Ignatia sieht einen bemerkenswert großen Penis.

Hosen für den Staatsanwalt

Caracas, 8. April

»Herr Staatsanwalt!

Vielleicht hätte ich die Prinzessin tatsächlich am Leben lassen sollen, so viele von dieser Gattung gibt es ja nun schließlich auch nicht mehr. Nicht daß sie eine spürbare Lücke hinterlassen hätte, aber um jede weniger ist es ein wenig schade, wie um den Duft Silvestre, den ich immer geschätzt habe und der nun auch nicht mehr hergestellt wird, oder wie Paternoster in alten Häusern, die kälterer Technik weichen müssen. Aber sehen Sie, Herr Staatsanwalt, wie sie so dalag in ihrem Molkebad, dösend, dampfend, die dünnen Haare verklebt an den Schläfen: Ich hatte einfach keine andere Wahl. Sie stand zwischen mir und dem Mann, den ich wollte. Der Gutachter hat inzwischen recht einleuchtend dargelegt, daß ich mich in diesem Punkt eventuell geirrt haben könnte, und ich bin geneigt, seinen Ausführungen zu folgen. Aber verstehen Sie, ich konnte in jenem Moment einfach kein Risiko eingehen. Ich gehe nie ein Risiko ein, wenn ich etwas haben will.

Denn ich bekomme immer, was ich will. Sie habe ich ja auch bekommen, Herr Staatsanwalt. Damals am Elbufer, im frisch gemähten Gras des Abhangs. Denken Sie noch an das Rennen, das wir beide zuvor gefahren sind? Am Deich entlang, mit 160, wo 50 erlaubt sind. Nebeneinander auf der zweispurigen Straße. Natürlich denken Sie daran, Sie können es nicht verbergen. Nicht vor mir. Als Sie so auf die Geschworenen einredeten, um sie von meinen niedrigen Beweggründen, meiner tiefen Schuld zu überzeugen, und dann einen Blick zu mir warfen, schräg und kurz, da haben Sie rote Flecken am Hals bekommen, wußten Sie das, Herr Staatsanwalt? Ringsherum. Die Hitze jenes Tages kam zurück, nicht wahr? Und die Erinnerung. Die Bilder, wie wir beide ineinander verhakt und verkrallt den Deich heruntergerollt sind. Sie haben geschrien damals, Herr Staatsanwalt, wissen Sie das?

Warum haben Sie Ihre Ermittlungen nicht abgegeben, als Sie mich ein Jahr später im Gerichtssaal wiedersahen? Sie hätten es tun müssen. Wenn je einer befangen war, dann Sie. Natürlich weiß ich, warum: Sie hatten mich wiedergefunden, nun wollten Sie mich besiegen. Unbedingt. Wenn schon nicht besitzen, dann besiegen. Denn daß ich Sie besessen habe und nicht Sie mich, das wissen wir doch beide, nicht wahr, Herr Staatsanwalt?

»Der Staatsanwalt ist der Herr des Ermittlungsverfahrens«, so heißt es im deutschen Recht. Schließlich doch noch ›Herr über mich‹, was? »Er ist gehalten, entlastende Momente mit in seine Überlegungen einzubeziehen«, das steht da aber auch. Ich kenne mich aus, schließlich hatte ich Muße zu Konzentration und Studium – einige Monate lang. Meinem Wissen hat das nicht geschadet. Auch meinem Teint nicht. Natürlich haben Sie das bemerkt, Herr Staatsanwalt. Außerdem führt es Ihnen die Presse seit Wochen vor. In Bild und Wort: »Dornröschen« nennen sie mich und »Schneewittchen«. Aber da haben die wieder mal etwas verwechselt: Schneewittchen war dumm. So dumm, daß sie den vergifteten Apfel selbst gegessen hat, statt ihn der Stiefmutter in den Rachen zu stopfen. Tief hinein.

Warum haben Sie den Geschworenen nicht erzählt, was Sie alles Entlastendes über mich wissen, Herr Staatsanwalt? Es muß doch auch eine Menge Gutes über mich zu sagen sein, finden Sie nicht? Aber ja, sonst wären Sie sicher nicht hinter mir hergerannt, damals am Deich, so wie Sie waren, ohne Hose, als ich in meinen Alfa Romeo sprang und davonjagte, denn ich hatte ja bekommen, was ich wollte. Ihren Blick sehe ich heute noch vor mir: Vollkommen verstört, wollen wir ihn so nennen? Und dann wurden Sie kleiner im Rückspiegel, immer kleiner.

Für gefühllos halten Sie mich, nicht wahr, Herr Staatsanwalt, bestenfalls für grausam, wenn Ihr Plädoyer enthüllt hat, was Sie wirklich denken. Ach, wissen Sie, ich erinnere mich durchaus an diesen Blick im Rückspiegel. Nicht in dunklen Träumen – Sie werden das jetzt nicht glauben, aber die habe ich nicht –, sondern eher in meinen heiteren, schwebenden Mußestunden, deren es ausreichend gab in den letzten Monaten. Lächelnd denke ich an diesen Blick, amüsiert, vielleicht sogar ein wenig gerührt sehe ich in Gedanken, wie Sie da standen im Hemd und ohne Hose. Die Hose haben Sie wieder, aber der verlorene Blick ist Ihnen geblieben. Den hatten Sie ja noch beim Kreuzverhör und beim Plädoyer. Sie müssen mich jagen, nicht wahr, Herr Staatsanwalt? Sie müssen mich kriegen. Hinter was sind Sie eigentlich her? Was wollen Sie sich zurückholen? Ob Sie das überhaupt wissen? Was es auch sei, es wird Ihnen heute so wenig gelingen wie damals. Es ist einfach nichts da. Nicht für Sie jedenfalls.

In der Nacht vor unserer ersten Begegnung war mein Vater gestorben, den ich über alles liebe. Das müssen Sie inzwischen begriffen haben, Ihnen liegen doch die Daten vor. Drei Monate hatte ich ihn gepflegt, dann starb er. An diesem Morgen brauchte ich dringend einen Mann, irgendeinen fremden Kerl, um mich lebendig zu fühlen. Ich war auf der Suche. Da sah ich Sie im Rückspiegel, das heißt, ich sah Ihren alten Jaguar E-Type, wie er sich langsam von hinten heranschob – schwer, ruhig, gewaltig. Da war klar: den nehme ich. Ich liebe diese alten Wagen, herrlich, die satte Farbe, british racing green, nicht wahr? Von 1975, nicht wahr? Aus der allerletzten Baureihe. Genau wie Sie, Herr Staatsanwalt.

Ich wette, Sie haben ein Tuch im Handschuhfach, um

zärtlich das Armaturenbrett zu polieren, wenn Sie an Ampeln halten. Ich hätte nachschauen sollen, bevor der Wagen in Marseille aufs Schiff gehoben wurde und ich die 100 000 Dollar für den Verkauf in meine Tasche schob. Ihr kleiner Beitrag sozusagen, Herr Staatsanwalt, zwar reichte er nicht einmal aus, um die falschen Fahrer des Gefängnistransports durch Deutschland, Belgien, Frankreich zu bezahlen und all die reibungslosen Übergänge, aber immerhin, es war Ihr Beitrag, und ich will ihn nicht schmälern. Vielleicht entschädigt Sie der Gedanke, daß nun die Lieblingsfrau eines Scheichs Ihr britisches Raubtier reiten wird. Man sagte mir, auch sie habe schwarze Haare und grüne Augen.

Die grünen Augen hinterm Seitenfenster, die seien es gewesen, so sagten Sie mir damals im warmen, feuchten Gras am Deich, die hätten Sie gepackt, als Sie gleichzogen, Ihren Jaguar mit meinem Alfa. Die und das Machtspiel, als ich dann aufs Gas stieg: Wer ist schneller, wer besser, wer riskiert mehr, wer alles? So ein Spiel mit einer Frau, das hatten Sie wohl noch nicht? Mit den grünen Augen hätte es angefangen, und dann kam die Vollbremsung, nebeneinander, raus und ohne ein Wort über den Deich, an das Ufer, wo brackig und matt die Elbe an die großen Flußkiesel schlägt. Da hätte es angefangen? Sie haben sich geirrt, Herr Staatsanwalt, Sie irren sich eigentlich ständig. Jedenfalls in meinem Fall. Es fing schon an, als ich Ihren Wagen im Rückspiegel sah. Da habe ich Ihnen den Gedanken eingepflanzt, den Gedanken, die Lust und die Gier. Ich kann das, Herr Staatsanwalt. Eine Sache von Konzentration und Willen.

Nun will auch ich Ihnen ein Abschiedsgeschenk machen. Mein Abschiedsgeschenk an Sie sind ein paar Wahrheiten, die Sie noch nicht kennen. Sie lieben die Wahrheit doch so sehr, Herr Staatsanwalt. Also, da war noch Charlotte, deren altes Strohdachhaus abbrannte, weil ein Marder das Stromkabel unterm Dach durchgebissen hätte – so hieß es jedenfalls. Es gab tatsächlich einen Marder. Charlotte hat sicher gebrannt wie Pergament, ausgetrocknet, wie sie war. Auch sie eine Jägerin, aber meinen Vater hat sie nicht gekriegt.

Ebensowenig wie Birthe, dieses Unglückslamm. Meine Cousine Birthe. Von Geburt an dem Unglück verfallen. Ja, so könnte man es formulieren: Sie nahm Witterung auf und steuerte zielstrebig ihr Unglück an. Mit 15 Jahren dann meinen Vater. Mein Gott, er war tatsächlich ein wunderschöner Mann. Zum Niederknien. Sogar mit 80 noch, jede Pflegerin schwärmte von ihm. Ach ja, ein paar von denen müßten eigentlich auch noch auf die Liste, aber ich konnte mir schließlich nicht alle Namen merken, Herr Staatsanwalt. Und dann die ganzen Stiefmütter: nie ohne Frau, er mußte immer wieder eine haben nach Mutters Tod. Damit hatte die Kette seiner Irrtümer überhaupt erst begonnen. Als erste Mutters Schwester, Birthes Mutter. Über Birthe hat der Gutachter – was für ein treffendes Wort, »Gutachter«, ja, der hat mich wirklich gut beachtet – anrührende Worte gefunden: »tapfer, treu und liebevoll, die einzige Begleiterin in den einsamen Kindheitsjahren der Angeklagten«. Ausgerechnet Birthe, der Trottel, die nichts begriff. Sie sei die einzige gewesen, die zwischen mir und dem »Wahnwitz einer psychotischen Familie« gestanden hätte, »einer Familie, die die eigene Vernichtung wie einen Amoklauf betrieben hätte.« Wieso die eigene? Damit lag der gute Mann wirklich daneben, wenn er sich auch sonst sehr bemüht hat. Ja, ich kenne das alles auswendig, jedes Gutachten, jeden Artikel, bis hinunter zu den Stilblüten der Bildzeitung: »Der Tränenfluß ihrer Mutter, der sich wie ein roter Faden durch ihre Kindheit zog.« Du meine Güte! Und Birthe, der Tollpatsch. Immer gebrochene Arme, Beine, wenn irgendwo ein Pfeil flog, sie stand in seinem Weg. Hätte es eine Talentsuche für Unglücksraben gegeben, Birthe wäre ohne Zweifel qualifiziert gewesen. Da fiel dann der tödliche Sturz vom Apfelbaum gar nicht mehr sonderlich auf.

Manche meiner späteren Aktionen waren, aus der Distanz betrachtet, nicht wirklich erforderlich gewesen. Vermutlich geschahen sie aus einer Art Routine, vielleicht auch, um nicht aus der Übung zu kommen. Es wurde dann so leicht, so bequem: All die Haushälterinnen, Dienstboten – sie waren einfach zur Hand. Selbst das Außergewöhnlichste kann irgendwann zum Lebensstil werden, ob Sie das wohl begreifen, Herr Staatsanwalt? Caroline Grills war es vor 50 Jahren schon so ergangen, dem freundlichen, etwas tumben ältlichen Weib in Sydney, Australien. Zwei Menschen waren ihr lästig geworden, und sie hatte sie mit Rattengift aus dem Weg geräumt. Gegen die anderen, die den ersten beiden folgten, hatte »Tante Carrie« eigentlich gar nichts gehabt, aber nun war sie an ein köstliches Gefühl gewöhnt, eines, das auch Sie mit Sicherheit kennen, Herr Staatsanwalt: Herr zu sein über Leben und Tod.

Auch Christa Lehmann aus Worms kannte das Gefühl. Sie war die Entdeckerin der vielseitigen Verwendbarkeit des Insektenvertilgungsmittels E-605. Dreimal setzte sie es erfolgreich ein, Mitte der fünfziger Jahre war das. »Vielleicht hätte ich es nicht tun sollen«, meinte sie dann vor Gericht, »aber außer einer waren alle recht unangenehme Leute.« Aus sicherer Quelle weiß ich, daß es ihr große Befriedigung brachte, den Trend zu E-605 gestartet zu haben, der schon damals weit über 100 Opfer forderte – durch fremde und durch eigene Hand. Was ist schon »lebenslänglich« dagegen?

Meine Herausforderung lag eher in der Vielfalt der Techniken. Immer wieder Giftmord, das kann jede. Pardon, Gesina Gottfried aus Bremen: 30 ist wirklich eine hohe Zahl. Respekt für deine Konsequenz und deinen Stolz, auch wenn du nicht gerade durch Variantenreichtum geglänzt hast. Bewundernswert auch Thyphus-Mary, jene Köchin in den USA, die Hunderte mit Thyphus infizierte, ohne selbst zu erkranken. Man sagt, sie hätte keine Ahnung gehabt, welch' blutige Spur sie zog. Wieder eine Lüge der Geschichtsschreibung. Ich bin sicher, sie war besonders raffiniert. Vom reinen Umsatz her konnte Jack the Ripper, der etwa gleichzeitig tätig war, mit Mary verglichen, einpacken. Dennoch sind seine wenigen Aktionen ungleich ausführlicher dokumentiert, beschrieben, analysiert und verfilmt worden. So wie Mary wird es wohl auch mir ergehen: Den Ruhm der Nachwelt kann ich vergessen. Mag man sich heute am »mörderischen Schneewittchen« ergötzen, morgen wird keiner mehr an sie denken.

Nun, ich brauche den Ruhm nicht. Mir genügt die Befriedigung der unerreichten Originalität: Zu wissen, auf all das war noch keine gekommen. Bach-Blüten und Schlagsahne zum Beispiel, das ist unerreicht. Zuerst genügte es jedenfalls. Dann folgte der Ehrgeiz, jede Technik nur ein einziges Mal anzuwenden. Später kam eine weitere Verfeinerung hinzu: Jede Aktion mußte mit dem Opfer zusammen eine harmonische Komposition ergeben. Wie die mit Gift eingeschmierte Schnauze des zitternden Zwergpinschers, an der sich seine ältliche Besitzerin selbst zu Tode küßte. Doch ich beginne auszuschweifen, zu schwelgen.

Jene ästhetische Qualität ist es auch, die ich an der Installation mit der Prinzessin so schätze. Daher sehe ich mir diese Aktion inzwischen auch nach, obwohl sie tatsächlich nicht nötig gewesen wäre. Du meine Güte, die Leutchen waren so stolz, daß alljährlich eine echte Prinzessin bei ihnen kurte. So unscheinbar sie auch war. Mit Sicherheit hätte sie keine Chance bei meinem Vater gehabt, mit ihrem schütteren Haar und den dicken Beinen. Obwohl, ich habe mich nicht nur einmal über seinen Geschmack gewundert. Und eigentlich traf sie selbst doch der größte Teil der Schuld: Warum mußte sie unbedingt an seinem Tisch sitzen in dieser idyllischen Kurklinik am Tegernsee? Sicherlich werden Sie mir jetzt entgegenhalten, ich hätte einfach sagen können: »Wir sind lieber allein, setzen Sie sich bitte an einen anderen Tisch.« Aber das wäre doch wirklich recht unhöflich gewesen, nicht wahr? Und wie gesagt: Es war dann eben doch so hübsch in der Ausführung. Eine stilvolle Idee, sie mit Schlagsahne zu ersticken, während sie in Molke lag, finden Sie nicht, Herr Staatsanwalt? Ich bin nun mal Ästhetin, was soll ich machen?

Jetzt wissen Sie ein wenig, aber längst nicht alles. Einige Tage werde ich wohl noch im Hotel Somoza in Caracas bleiben, wo ich gerade auf der sonnenüberfluteten Terrasse sitze – wie der Prospekt ohne zu übertreiben schwärmt – und Ihnen schreibe. Natürlich weiß ich, daß Sie mir folgen werden, Herr Staatsanwalt, Sie haben gar keine andere Wahl. Sie werden sich nicht damit abfinden, daß Venezuela Ihrem Begehren nach Auslieferung nicht stattgibt. Auch wegen Mordes nicht. Auch nicht wegen der zwölf Morde, von denen Sie Kenntnis haben. Aber natürlich wissen wir beide, daß Sie mich nicht verfolgen, um der sogenannten Gerechtigkeit zum Sieg zu verhelfen. Die ist Ihnen inzwischen egal. Sie wollen mit mir schlafen und sonst gar nichts.

Doch wenn Sie je in meiner Nähe auftauchen, werden Sie sich selbst zur Strecke bringen. Sie wissen, daß ich meine Versprechen halte, Herr Staatsanwalt. »Irgendwann gibt es ein Encore«, hatte ich Ihnen zugerufen, damals hinter dem Deich. Als ich schon im Wagen saß und Sie noch dort standen – ohne Hose und mit diesem verlorenen Blick eines verlassenen Kindes. Das Encore haben Sie gekriegt, mein Kleiner, gleich nach der Urteilsverkündung, im Dienstzimmer, noch bevor der Gefangenentransporter – nennt der Volksmund ihn nicht Grüne Minna? – vorfuhr, der mich ins Landeskrankenhaus Haar bringen sollte, dann aber in Richtung Marseille verschwand – trotz nicht unerheblicher Sicherheitsmaßnahmen. In Begleitung Ihres Jaguars verschwand. Den habe ich gleich mitgenommen. Er gefiel mir ja von Anfang an so gut. Diesmal saß ich am Steuer. Und wieder standen Sie da, und ich sah Ihren Blick im Rückspiegel. Verzweifelt, wollen wir ihn so nennen? Und wieder wurden Sie kleiner und kleiner.

Ein drittes Mal wird es nicht geben, Herr Staatsanwalt. Sobald Sie mich festnehmen, geht eine Kopie dieses Briefes an die Staatsanwaltschaft – nicht an Ihre – und natürlich an die Presse.

Victoria.«

SOMMER

Abwärts zum Höhepunkt

Johannas erste Begegnung mit Sexualität ereignete sich im Alter von sieben Jahren und war – trotz ungewöhnlicher Rahmenbedingungen – äußerst angenehm für Johanna. Die Begegnung fand in der Öffentlichkeit statt und wurde von lauten Anfeuerungsrufen begleitet: »Jo! Jo! Jo!«

Johanna, kurz Jo, war klein, dünn, zäh und sehr sportlich. In diesem Augenblick allerdings hing sie, sonst immer die erste beim Tauklettern, in drei Metern Höhe am Seil und konnte weder vor noch zurück. Alle anderen waren wie hurtige Raupen an ihr vorbeigerobbt, sogar der fette Helmut. Johannas Riege tobte vor Enttäuschung. Johanna war das egal: Wellen wohliger Schauer durchrieselten sie. Wenn sie ihre Beine um das dicke Seil preßte und die Muskeln anspannte, verstärkte sich das Gefühl, aber gleichzeitig benötigte sie ihre ganze Kraft, um nicht hinunterzufallen.

Da Johannas Wortschatz ihrer Erfahrung noch nicht gewachsen war, schwieg sie auf die Frage, was denn los gewesen sei. Beim nächsten Wettklettern wurde Johanna nicht mehr aufgestellt, obwohl sie sehr darum kämpfte. Beim übernächsten Mal war sie wieder dabei, weil sie ihre Klasse mit Schokoladenkeksen bestochen hatte. Bei diesem Kletterereignis kam es für Johanna wieder zu einem Erfolg, für ihre Klasse dementsprechend zu einer Niederlage. Eine Wiederholung ließ sich trotz etlicher Bestechungsversuche nicht mehr arrangieren. Im nächsten Schuljahr standen Bodenturnen und Schwimmen auf dem Lehrplan, Johanna hatte wieder eine Eins in Sport und vergaß die frühe Lust.

Später heiratete sie den fetten Helmut, der inzwischen größer, aber nicht dünner, dafür jedoch Erbe des väterlichen Juweliergeschäftes geworden war. Helmut, fortan zuständig für Johannas Lust, nannte seine Frau Hannchen, und auch damit arrangierte sie sich.

Manchmal nimmt Helmut Johanna mit auf Geschäftsreisen in die Zentren des internationalen Juwelenhandels. Sie wohnen in Fünf-Sterne-Hotels, und Johanna trägt an jedem zweiten Finger einen Ring. Dieses Mal ist das »Mount Nelson«, das traditionsreiche englische Hotel in Kapstadt, ausgebucht, und sie ziehen ins »Cape Sun«, einen 32stöckigen modernen Glaspalast. Johanna haßt derartige Überraschungen. Wütend rauscht sie am Boy vorbei ins Zimmer, tobt: »Hier wohnt man doch nicht!« und reißt die Minibar auf: »Und dazu noch im 30. Stock! Du weißt, daß ich eine solche Höhen nicht ertragen kann!« – Klickernd wütet das Chanelrot ihrer spitzen Nägel durch rote, braune und gelbe Fläschchen. Helmut, der sich nie an Johannas öffentliche Auftritte gewöhnen kann, obwohl er sie gewohnt ist, seit er Johanna kennt, drückt dem Hotelpagen schnell einige Münzen in die Hand und schiebt ihn zur Tür hinaus. »Aber Hannchen«, seufzt er dann und beginnt sanft zu schwitzen, »guck doch mal, wie schön, der Hafen.« – »Das ist wieder typisch«, erbost wühlt sie sich aus ihrem Kleid, »die geben uns nicht mal eine Suite mit Blick auf den Tafelberg, und du bist dankbar für den Hafen!« Sie stützt die Hand in die Hüfte und kippt den Champagner: »Ich will nicht gucken! Und die Vorhänge bleiben zu!« Johanna, wutschnaubend in schwarzen Stöckeln, weißen Strapsen, ohne BH, ist ein schöner Anblick. Doch Helmut, aus Erfahrung klug, traut sich längst nicht mehr, daraufhinzuweisen. Sein hilfloser Versuch einer Verführung: »Dann leg' ich mich ein Weilchen aufs Ohr, Hannchen«, bringt Johanna endgültig zum Überlaufen: »Schlafen, schlafen, das ist alles, was du kannst«, zetert sie, zerrt den schwarzen Seidenmantel aus dem Koffer, rafft ihn um sich, giftet: »sag nicht immer Hannchen zu mir!« und stürmt davon. Noch in den Knall der zuschlagenden Tür hinein sinkt Helmut ergeben aufs Bett.

»Und schwitz nicht immer so!« tobt Johanna noch, als sie in den Fahrstuhl rauscht. Die Türen schließen sich fast geräuschlos. Alles ist still. Nur das Adrenalin pocht durch Johannas Adern. Ungewöhnlich schnell ist die Fahrt der gläsernen Außenkabine. Fast wie ein Fall. In der Tiefe sieht Johanna Tafelberg, Atlantik, moderne Hochhäuser und kleine kapholländische Gebäude aus früheren Jahrhunderten in einem Netzwerk paralleler Straßen auf sich zurasen. Sie hat das Gefühl, mitten hineinzustürzen. Sie hört das Rauschen in ihren Ohren, spürt den Druck im Magen und fühlt eine überwältigende Angst in zitternden Wellen aufsteigen. Nach 20 Sekunden kommt der erlösende Halt: fünfter Stock. Hinter ihr betritt jemand die Kabine. Vor ihr hängt ein Gerüst: Arbeiter reparieren etwas an der Fassade. Dann starren sie in den Fahrstuhl. Auf Johanna, denn die hat ihren Mantel weit aufgerissen. Sie johlen. Man kann es nicht verstehen, aber Johanna ist ganz sicher, daß sie »Jo, Jo, Jo!« brüllen. Dann geht es weiter abwärts, zehn beglückende Sekunden lang, in denen Johannas Beine so schwach werden, daß sie sich auf das Geländer stützen muß.

Johanna ist angekommen.

Im Erdgeschoß verläßt der Japaner, der im fünften Stock zugestiegen war, hinter Johanna den Fahrstuhl, verwirrt kreiselt er in der Lobby und landet an der Rezeption. Nach seinen Begehren gefragt, schweigt er, denn er kann sich nicht mehr erinnern, was er hier eigentlich wollte.

In den folgenden Stunden stellt Johanna, die ihr Physikstudium bei der Heirat aufgegeben hatte, verschiedene Versuchsreihen an. Das Experiment plus berauschendem Höhepunkt, so bemerkt sie beglückt, ist beliebig oft wiederholbar. Abwärts ist es intensiver als aufwärts. Zuschauer sind unbedingt erforderlich. Und die Begeisterung der Bauarbeiter läßt auch nach vier Stunden nicht nach.

Mittags legt sie eine kleine Verschnaufpause ein und

lauscht in der Lounge einer jungen Frau mit blonder Lockenpracht und Querflöte, die längst vergessenes Liedgut in Erinnerung bringt: »Funny forgotten familiar feelings« und »That's why the lady is a tramp«. Probeweise wendet sich Johanna dem Mann am Klavier zu, schlägt die Beine übereinander und läßt den Mantel rutschen. Sozusagen um die Spannbreite ihrer Neuentdeckung zu testen. Aber es fehlt die Abwärtsbewegung. Sie schreitet wieder zum Fahrstuhl.

Die Anwesenheit eines weiteren Fahrgastes oder gar derer zwei, hat sich als erregende zusätzliche Raffinesse erwiesen. In der Abenddämmerung allerdings spiegelt sich das Geschehen in den Fenstern der Kabine. Johanna sieht sich selbst, nackt, mit geöffnetem Seidenmantel, über den von der Abendsonne rot erglühenden Tafelberg hinabschweben. Ein schönes Bild, aber unerwünscht: einen Mitwisser in der Kabine will Johanna nicht. Draußen die johlende Gewißheit, drinnen der verwirrte Zweifel: so muß es sein.

Am Spätnachmittag macht der Reiz des Neuen allmählich einer wohlig matten Erschöpung Platz. Außerdem haben die Arbeiter Feierabend.

Am nächsten Tag – Johanna hat tief und traumlos geschlafen – tauchen erste Schwierigkeiten auf: Zwei kichernde Hotel-Boys, die beobachten, wenn Johanna einen der sechs Lifts verläßt und sofort den nächsten betritt. Gewiß, der Blick ist atemberaubend, manche Gäste fahren auf und ab, nur um das Panorama zu genießen. Aber zwei-, höchstens dreimal. Nicht zwanzig- oder dreißigmal. Gegen neun betritt ein frisch bezahnt lächelndes älteres Ehepaar Johannas Lift und dreht, um die Aussicht zu genießen, ein paar Runden mit ihr. Das freundliche Geplauder der beiden erweist sich als recht hemmend. Außerdem hält der Lift fast in jedem Stockwerk, eine erhebliche Beeinträchtigung. Der längere freie Fall, mindestens zehn Sekunden, so stellt Johanna fest, ist unabdingbar für den Genuß.

Die größte Enttäuschung aber kommt am dritten Tag: Das Gerüst ist fort. Die Reparaturarbeiten sind beendet. In dieser Nacht kann Johanna nicht schlafen. Während Helmut leise pfeifend Begleitmusik zu seinen Träumen säuselt, verläßt sie das Hotel und geht zum Kiosk gegenüber, ein kleines buntes Ding mit dem Namen »Juicy Lucy«, das seine bescheidenen Speisen mit fröhlichen Sprüchen anpreist: »Fast Food, but not Junk Food«. Wie betäubt lehnt Johanna am Kiosk und starrt sehnsüchtig hinauf zum 32stöckigen Objekt ihrer Begierde, an dem die Kabinen wie hellerleuchtete Muscheln auf und ab gleiten, auf und ab. »Wie gewonnen, so zerronnen«, dröhnt es in ihr, »wie gewonnen, so zerronnen.«

Im Jahr darauf ist Helmut anfangs ein wenig irrtiert, als sich Johanna zu einem Hanggliding-Kurs auf der Schwäbischen Alp anmeldet; er kennt ihre Höhenangst doch nur zu gut. Aber die neue Ausgeglichenheit seiner Frau und die anhaltende Harmonie ihrer gemeinsamen Abende lassen ihn die Unruhe vergessen. Alle vier Jahre verbringen die beiden nun einen kurzen, aber sehr harmonischen Urlaub in Kapstadt. Helmut wundert sich im stillen, daß Johanna immer auf dem Hotel »Cape Sun« besteht. Vor allem stört ihn die eingeschränkte Sicht aus dem Fahrstuhl. Denn dieser ist – wegen routinemäßiger Wartungsarbeiten – jedesmal von einem Gerüst umgeben.

Die dominante Variante

Nach elf Jahren treuer ehelicher Dienste kündigte Helmas Mann einseitig seinen Ehevertrag. Elf Jahre lang hatte er den Hund spazierengeführt, das Geschirr getrocknet, er hatte drei Söhne gezeugt, den Müll runtergetragen und jeden zweiten Samstag seine ehelichen Pflichten erfüllt. Nun sei es genug, fand er, legte sich ins Bett und stand – von kurzen Unterbrechungen abgesehen – sechs Jahre nicht mehr auf.

Helma reagierte bestürzt und besorgt. Sie maß Fieber und Blutdruck, schaffte Schonkost und Kraftnahrung herbei. Nach vier Monaten wurde sie gereizt, nach sechs übellaunig und nach einem Jahr bösartig. Die Ärzte konnten nichts Nennenswertes an Helmas Mann feststellen und sprachen deshalb von einer verdeckten Depression. Helma konnte nichts Depressives an ihrem Mann finden. Sie fand ihn aufsässig, ein unersättliches Riesenbaby, wie er da im Bett hockte und Nahrung, Unterhaltung und Rücksicht verlangte. Auf der Stereoanlage von Ulfi, dem Zehnjährigen, dudelte er unermüdlich den Lieblingssong seines Ältesten: »Küssen verboten« von den Prinzen. Dabei, fand Helma, grinste er ausgesprochen hämisch. Wortlos beschaffte sie ihm einen Walkman und hörte von nun an nur noch leises Gezischel aus den Ohren ihres Mannes: »... kommen ihre feuchten Lippen an ...«. Meistens allerdings hielt Helma die Schlafzimmertür geschlossen und hörte gar nichts mehr.

In finanzieller Hinsicht war die Sache eine Katastrophe. Mit ihrem Gehalt als Lehrerin mußte Helma fünf Personen ernähren. Ihr Mann, der zwölf Jahre lang Ladenkassen für die HO repariert hatte, bekam Krankengeld, dann die Kündigung, dann Arbeitslosengeld und dann gar nichts mehr.

In erotischer Hinsicht aber wurde es für Helma zur Offenbarung. Da sich ihr Mann früher zwar redlich, aber oft etwas verdrossen um Helmas Befriedigung bemüht hatte, fiel das Ausbleiben derselben erst nach einem Jahr ins Gewicht. Dann aber schwer. Die Psychologin der Schulaufsichtsbehörde, von Helma ins Vertrauen gezogen, riet zu Volkshochschulkursen – autogenes Training, Makramee und der Frauenkurs »Jetzt schreibe ich!« erschienen ihr besonders empfehlenswert zu sein. Vor allem aber solle Helma zu sich selbst finden.

Das geschah während eines Ausflugs. Helma kam mit einer Klasse übellauniger, pubertierender Schüler, die sie heimlich in die FDJ zurückwünschte, vom Soltauer Gymnasium zurück, wo sie ihnen im Rahmen eines Projekts regelmäßig eine Portion Demokratie verpassen ließ.

Den roten Bus am Straßenrand hatte Helma schon oft in diesem Waldstückchen bei Munster stehen sehen. Aber erst dieses Mal, mit Blick auf die blonde Schöne, die einen Mann aus dem Wagen ließ und sich dann wieder die Jeans überzog, ging ihr auf, was hier passierte. Schon am selben Abend war Helma wieder da. Sie klopfte ans Fenster, die Blonde legte ihr Kreuzworträtsel weg, und Helma sagte, sie habe einige Fragen zur Erstausstattung.

Es war ein trüber Tag ohne viel Verkehr, die Blonde, sie hieß Sissy, bat Helma herein. Drinnen luden Wolldecken in 50er Jahre Designs, ein Fries aus Dutzenden von Steiff-Tieren und ein dekorativ an die Wand drapierter Straps zum Verweilen ein. Es war ein wenig überheizt, aber nicht ungemütlich.

Mit drei bis zehn Kunden am Tag könne man durchaus rechnen, erfuhr Helma, Mindesttarif 50 Mark, »für französisch«. Helma, die dafür den Höchstlohn gefordert hätte, war verwundert – bis sie technische Details erfuhr. Überhaupt schien es keinerlei Körperkontakt zum Kunden zu geben – was dieser offenbar nicht merkte. »Und nichts ohne

Gummi, nicht mal Handarbeit«, mahnte Sissy und machte eine Bewegung, die Helma an ihren Arbeitseinsatz »sozialistische Hilfe« als Melkerin auf der LPG »Rote Rübe« erinnerte. Sie lachte und bemerkte dabei einen grünen Ford Fiesta, der offenbar schon eine Weile neben ihnen geparkt hatte. »Keine Eile«, beruhigte sie Sissy, »wenn die sehen, daß hier schon einer steht, dann schließen die hinten an.« Irgendwie teilte sich der Druck des wartenden Herrn Helma aber doch mit, und so kletterte sie aus dem Bus, stieg in ihren Wartburg und wartete, bis das Geschäft vollzogen war.

Dabei errechnete sie, daß sich ihr Lehrerinnengehalt Ost – 2900 Mark netto – hier leicht in einer Woche verdienen ließ, und das bei einer täglichen Arbeitszeit von 14 bis 19 Uhr, Fünf-Tage-Woche und sechs Engagements pro Tag. Nach vier Minuten – Helma hatte den Sekundenzeiger ihrer Uhr im Auge behalten – begann der Bus zu schaukeln, genau sieben Mal, nach elf Minuten erschien Sissy an der Tür, winkte Helma ran und ließ den Mann raus.

Knapp anderthalb Stunden Arbeit pro Tag, addierte Helma beglückt, als sie den Wagen umrundete. Der Mann, ebenfalls erleichtert, sprang von der Beifahrerseite in eine Pfütze und bespritzte Helmas Stiefel. »Pfui, Sie Ferkel«, rief Helma, »was Sie da gemacht haben!« Ohne Zögern ging der Mann in die Knie und begann, Helmas Stiefel sauber zu lekken. Zu ihrer Verwunderung hörte sie sich sagen: »Und jetzt den anderen.« Der Mann keuchte und tat, wie befohlen. Dann zückte er zitternd sein Portemonnaie und reichte ihr – immer noch kniend – 200 Mark. Und Helma wußte, daß sie ihre Berufung gefunden hatte.

»Mensch«, sagte Sissy, »ich nehm' dem 150 für 'ne schnelle Nummer ab, und dir gibt er 200 für zwei Minuten.« Doch Sissy war gutmütig, und als sie sich auf Helmas Standplatz geeinigt hatten – 60 Kilometer nach Süden, denn in Rade und Soltau standen noch zwei – versprach sie, sich im

Kolleginnenkreis nach einem Wagen umzuhören. Manchmal stießen Frauen diese Busse günstig ab.

Sechs Wochen später besaß Helma 3000 Gummis, eine Gaspistole, eine rote Perücke, einen alten Ford-Transit und ein neues Bankkonto. Ihr Spezialgebiet sprach sich rasch herum. Ihr Talent, von dem Helma selbst überrascht war, auch. Die Frage, ob ihre Begabung angeboren oder durch Unterdrükkung heftiger Impulse ihren Schülern gegenüber entstanden war, ließ sich nicht eindeutig beantworten. Jedenfalls kam Helma mit starker innerer Anteilnahme zur Sache. Nach kurzer Zeit verlagerte sie große Teile ihrer Hausarbeit an den zweiten Arbeitsplatz. Nun hatte ihre Familie stets blitzblank geputzte Schuhe, sorgfältig gestopfte Strümpfe und gebügelte Wäsche. Liebend gern hätte sie sich einige der besonders anstelligen Herren für liegengebliebene Arbeiten ins Haus kommen lassen. Sie wischten mit kaum zu bändigender Leidenschaft feucht auf und zeigten eine ausgeprägte Begabung für Reinigungsarbeiten im sanitären Bereich. Helmas Wohnung hätte das sicher wohlgetan. Allerdings wollte sie Störungen im familiären Ablauf vermeiden. Und die wären sicher eingetreten, wenn ihre Söhne einem nackten Herrn in Rüschenschürze und Fußschellen begegnet wären, der die verstopfte Küchenspüle leerlutschte.

Ihrem Mann hätte Helma eine solche Begegnung durchaus gewünscht. Zu seiner Versorgung hatte sie inzwischen eine ehemalige Kollegin von Sissy engagiert, Agathe, eine ältere, würdevolle Person, über deren früheren Beruf sonst niemand im Hause Bescheid wußte. Im Laufe der nächsten Jahre führte Helma mehrere derartige Resozialisierungsmaßnahmen durch – ihr Schulkollegium war begeistert über die Kindermädchen, Nachhilfelehrerinnen und Haushälterinnen, die Helma ihnen vermittelte.

Nach einem halben Jahr nahm Helma eine Teilhaberin auf, Helene, Lehrerin am Soltauer Gymnasium. Die beiden

Frauen hatten sich am 9. Oktober 1989 bei jener rauschhaften Feier zum Fall der Mauer kennengelernt. Besoffen von Rotkäppchen-Sekt hatten sie beschlossen, den Kampf gegen ihre Schüler von nun an gemeinsam zu bestehen. Helma hatte Helene einweihen müssen, um ihren Söhnen die täglichen Fahrten nach Westen zu erklären. Sie würde mit Helene eine neue Form der Schülerfortbildung entwickeln, sagte sie. Und da sie dafür offenbar gut bezahlt wurde, waren es die Söhne zufrieden und fragten nicht weiter.

Neben der Lehrtätigkeit an den Gymnasien, wo beide auf halbe Stundenzahl gingen, arbeitete jede zwei Tage im Bus – nur mit Stammgästen. Die Herren sorgten für Pflege von Bus und Umgebung. Mit der örtlichen Polizei gab es nie Schwierigkeiten, nicht nur weil zwei der leitenden Herren zu bevorzugten Kunden zählten, sondern auch, weil die Reinlichkeit von Straße, Rinnstein und Abzugsgräben für zwei Kilometer in jeder Richtung im Bundesgebiet ihresgleichen suchte.

Nach vier Jahren hatten Helma und Helene mehrere vergnügliche Urlaube in schönen Ländern verbracht und zwei ansehnliche Konten in Luxemburg angelegt – ohne daß auch nur der Schatten eines Zweifels auf ihre bürgerliche Existenz gefallen wäre. Helmas Mann lag noch immer im Bett – für seine Bedürfnisse sorgte noch immer Agathe –, als sich eines Tages Helmas Großmutter ansagte. Helmas Großmutter war eine sagenumwobene Frau, ein Familienmythos sozusagen. Völlig allein habe sie die ganze Welt bereist, hieß es, und auch mit 76 Jahren könne sie noch jeden Mann haben, den sie wolle. Und manche munkelten, auch jede Frau.

Helmas Großmutter betrat die Wohnung, setzte die Koffer ab und hörte die Schilderung von Helmas sechsjährigem Leiden durch ihren freiwillig bettlägerigen Mann. Ohne zu zögern betrat sie das Schlafzimmer, schritt an sein Bett und sprach: »Ich werde dir jetzt links und rechts ein paar runterhauen, damit du weißt, daß du eine Großmutter hast.« Und das tat sie – so gewaltig, daß keiner daran dachte, daß sie eigentlich Helmas Großmutter war.

Helmas Mann erhob sich sofort, kleidete sich an, und binnen vier Tagen arbeitete er wieder in seinem erlernten Beruf. Helma ging wieder auf normale Stundenzahl am Gymnasium und verkaufte ihren Busanteil an Helene, die sich eine neue Teilhaberin suchte. Von nun an erfüllte Helmas Mann seine ehelichen Pflichten wieder mit 14tägiger Regelmäßigkeit. Wenn er mal nicht spurte, haute Helma ihm links und rechts eine runter, und dann lief es wieder.

Obsession

Es war das Erregendste, was sich je an unserer Schule ereignet hatte. Das heißt im Grunde gar nichts, denn eigentlich ereignete sich nicht allzuviel, damals, in den sechziger Jahren, an einem Mädchengymnasium einer mittleren Großstadt im Südwesten der Republik. Heute, aus der Ferne gesehen, wo alles sich miteinander vermengt, die Zeiten sich ineinanderschieben, zusammengedrängt wie in einem Teleskop, da scheint es, als seien das damals die wilden sechziger Jahre gewesen. Die Zeit der Studentenunruhen, wo wir freien Sex in WGs erprobten, wo nach der großen Pause im Zweieinhalb-Stunden-Film »2001« das Kino plötzlich doppelt so voll war wie vorher, weil die zweite Hälfte wegen des Farbrausches unter LSD-Konsumenten besonders beliebt war, und wo der Earl Grey in den bauchigen Kannen aus kaum glasiertem Ton vorm Einschenken kräftig in Bewegung gebracht wurde, geschwenkt, damit der schwarze Afghan sich gut löste, was er doch nie tat, so daß jeder auf die allerletzte Tasse Tee besonders scharf war.

Aber so sind sie gar nicht gewesen, die Sechziger. Das alles kam viel später. Und ich habe sowieso nur wenig davon miterlebt. Was uns bewegte, damals, in den Sechziger Jahren, das waren Lastexhosen mit Steg, die in den Kniekehlen keinerlei Falten werfen durften, das waren Schweißblätter unter den Achseln und kleine Riemchen, die unter den Schultern der Kleider festgenäht wurden, damit sie die Träger von Büstenhaltern, Hemden und Unterröcken korrekt an Ort und Stelle hielten, so daß nichts hervorrutschen, nichts »blitzen« konnte. In dieser Zeit der Nickitücher, Schottenröcke und der Schulwappen, die vorne auf unsere gerippten weißen Turnhemden genäht wurden, brachte die Erfindung der

Strumpfhose uns erstmals ein Gefühl von Freiheit und Abenteuer.

Natürlich hatten wir ColaRum (braunen Rum, nicht den weißen) und auf unseren Parties gab es Salzstangen, Käseigel und auch Lufthansacocktail im Cromargan-Shaker. Wir schneiderten uns Tellerröcke aus blauem Leinen nach *Brigitte*-Schnitten, hängten uns Stringregale und asymetrische Bilder mit Scherenschnitten von Venedig und Gondolieren an der Wand. Vor den Abenden in der Tanzstunde entfernten wir uns die Haare unter den Achseln mit *Veet*, das furchtbar stank, und gossen hinterher *»4711«* darüber, auch wenn es schrecklich brannte. Wir verachteten und begehrten die Jungen, mit denen wir uns manchmal trafen, bei Schulfesten, bei *»Tchibo«,* wohin alle nach der Schule kamen, oder bei einer Konferenz für die gemeinsame Schülerzeitung. Twist haben wir unter uns getanzt und begierig zugehört, als eine erzählte, ihr Zahnarzt hätte sie verführt. Und dann haben wir ähnliche Geschichten erzählt. Allein zu Hause aber haben wir die Plattenhülle von Peter Kraus' »Sugar Baby« geküßt, wir wurden rot und unruhig, als wir im Porzellangeschäft bei dem Lehrling mit den schwarzen Locken eine Sammeltasse zum Muttertag kaufen wollten. Und als wir das erste Mal in England waren und im Plattengeschäft unser Ohr in den weichen Schaumstoff eines Kopfhörers preßten, der aussah wie eine Handbrause und aus dem Ronnie Hiltons Schlager »Don't let the rain come down« herauszischelte, da wußten wir nicht, wie uns geschah, als unsere Knie weich wurden und wir zitterten, während er sang »My roof's got a hole in it and I might drown«.

Jedes Mal nach den großen Ferien warteten wir gespannt, ob eine von uns ES endlich getan hatte. Insgeheim und jede für sich allein mutmaßten wir über die Dicke und Festigkeit unserer Jungfernhäute und wie weh es wohl tun würde. Wir hörten viele Geschichten, aber wir wußten, daß sie genauso wenig stimmten wie unsere eigenen. Die schönste Geschichte war fast ein ganzes Jahr lang die von Waltraud. Sie war so schön, weil der Mann in der Geschichte so viel älter war als Waltraud und weil es in ihrer Wohnung passierte, als ihre Eltern verreist waren. Wir durften nie zu Hause bleiben, wenn unsere Eltern verreisten. Am frühen Morgen, als es dann passiert war, war Waltraud irgendwie schlecht, und sie mußte sich übergeben. Sie schaffte es gerade noch, ihr Fenster in der Dachschräge aufzustoßen, und da hinaus ging dann alles in hohem Bogen. Als sie erleichtert über die Dächer blickte, begegnete sie dem verstörten Blick des Nachbarn gegenüber, der gerade sein Fenster geöffnet hatte, um die Geranien im Blumenkasten zu gießen.

Dies beschäftigte uns sehr, und wir stellten uns vor, wie er dort gestanden haben mußte, die Gießkanne mit der langen spitzen Tülle in der ausgestreckten Hand, und sich, erstarrt über das, was er gesehen hatte, lange Zeit nicht rühren konnte. Die ausführliche Schilderung jener Vorgänge, die sich ereignet hatten, nachdem ES passiert war, verlieh auch dem eigentlichen Geschehen, nach dessen Details wir uns nie zu fragen getraut hätten, eine überzeugende Glaubwürdigkeit.

Ansonsten war das bislang Erregendste in unserer Schule zweifellos der Lateinunterricht gewesen. Da gab es Stellen in den »Metamorphosen« des Ovid und auch in Caesars »De Bello Gallico«, die eine geradezu berauschende Wirkung hatten, vergleichbar mit jenen Bibelstellen, die einige von uns als Zehnjährige elektrisiert hatten und die wir uns während des Religionsunterrichts auf Zettelchen zuschoben. Andere hatten sich schon damals, mit zehn Jahren, mehr den körperlichen Reizen zugewandt und verbrachten den Unterricht damit, sich gegenseitig Wörter und Zahlen mit Fingernägeln auf die Rücken zu malen, um unter dem Deckmantel eines Ratespieles taktilen Genüssen zu frönen. Später las dann eine von uns in einer amerikanischen Zeitung, daß Frauen einen Orgasmus bekämen, wenn sie die Beine übereinanderschlügen und die Muskeln anspannten. Manchmal übten wir das im Lateinunterricht. Es klappte nie. Schade. Wir saßen meist mit übergeschlagenen Beinen. Die Frauenzeitschriften hielten uns dazu an. Man mußte das linke Bein über das rechte schlagen und dann beide parallel nach rechts hinten abknikken. Manche schafften es auch noch, die linke Fußspitze hinter dem rechten Fußgelenk hindurch nach vorne zu schieben, so daß sich das linke Bein einmal vollständig um das rechte gewickelt hatte. Oder umgekehrt.

»De Bello Gallico« zeigte seine volle Wirkung natürlich nur in Kombination mit unserem Lateinlehrer, einem schütteren, schüchternen, bebrillten Altphilologen im ewiggrauen Anzug, von dem wir wußten, daß er immer noch bei seinen Eltern lebte. Unseres hormonellen Überschwangs, der ihm schon vor dem Klassenzimmer entgegenschwappte, konnte er sich nur durch eine Vielfalt von Beschämungstaktiken erwehren, mit denen er uns erniedrigte, unsere Begierden aber gleichzeitig umso heftiger schürte. Auf dem Schulweg erzählten wir uns komplizierte, erregende Geschichten, die davon handelten, wie er uns fing, fesselte und quälte. Manchmal waren es auch Indianer, von denen wir gefoltert wurden.

Außer ihm gab es damals an unserer Schule keinen einzigen Mann, der jünger war als 50 Jahre. Heute, in der Verdichtung des Teleskops, zeigt sich seine ganze Angst und seine Feigheit. Als wir später erfuhren, daß er dann doch noch geheiratet hat, eine, mit der er jahrelang im Kirchenchor gesungen hatte, da haben wir ihn verachtet und uns erinnert, daß er immer Schuppen auf den gepolsterten Schultern seines grauen Anzugs hatte.

Sonst gab es wenig Erregendes bei uns. Und doch hatten wir uns immer in Verdacht. Als der Pastor im Konfirmandenunterricht zur Erklärung des siebten Gebots seine Stimme erhob und die Frage ertönen ließ: »Du sollst nicht ehebrechen. Was heißt das? Wir sind ja alle keine Huren und Hurer«, da schauten wir insgeheim zu dem Mädchen aus der Mittelschule, deren Mutter geschieden war, und die schon lange mit Jungs ging, und wir dachten: »Die doch.«

Außerdem gab es da noch das Gerücht, es sei einmal, vor ein paar Jahren, eine Schülerin von der Schule geflogen, weil sie schwanger war. Und eine hatten wir in der Klasse, deren Mutter war geschieden. Bei einer anderen fehlte die Mutter, und bei einer war irgendwas mit Nazis gewesen, aber danach haben wir nie gefragt.

Und dann geschah das Unaussprechliche. »Sie haben gestöhnt«, sagte Iris, die unsere Klassensprecherin war und ernsthaft und zuverlässig. »Wie, wie haben sie gestöhnt?« – »Das weiß ich nicht. Wie man so stöhnt.« – »Woher weißt du denn, daß sie das waren?« – »Ich hab sie doch in die Turnhalle gehen sehen.« – »Und dann? Und dann?« – »Dann war abgeschlossen. Und ich konnte meine Schuhe nicht rausholen. Erst hab ich mir nichts gedacht und geklopft. Dann hörte ich das Stöhnen, und dann war es ganz still.« – »Und dann?« – »Dann bin ich weggegangen.« Voller Gier standen wir beisammen, wollten darüber sprechen und wußten nicht, mit welchen Worten. Wir konnten es uns nicht vorstellen, aber wir wollten es unbedingt wissen.

Ich habe Franziska immer gemocht. Ich mochte große, kräftige Mädchen. Vielleicht weil ich zart bin und immer krank. Sie war damals hervorragend in Latein und Deutsch, in Sport sowieso – alles meine schwachen Seiten. In der freiwilligen Arbeitsgemeinschaft »Russisch« saß ich neben ihr. Das war witzig, weil sie so burschikos war, etwas ruppig und sehr komisch sein konnte. Ich dachte, sie hätte wenig Angst.

Ich erinnere mich noch, wie ich in einer Russischstunde kurz nach Iris' Eröffnung einmal versonnen an meiner neuen dunkelblauen Strumpfhose entlangblickte, durch die sich lauter kleine blonde Haare bohrten. Manchmal entfernte ich sie mit Bimsstein, aber das tat weh und blutete leicht. Als ich hochschaute, traf ich in Franziskas Blick. Sie grinste. »Lauter Hundehaare«, sagte ich, »die bleiben immer hängen, wenn ich Asta bürste.« Asta war meine Schäferhündin, die ich liebte, weil sie mich liebte. Franziska grinste weiter und sagte: »Quatsch, das sind deine eigenen. Ich hab' doch dasselbe Problem.« Ich wunderte mich. Ich hätte nicht gedacht, daß Haare an den Beinen ein Problem für sie sein könnten. Ich meinte, das sei ein Problem, das man habe, wenn einem die Blicke der Jungen wichtig seien. Und Franziska hatte ja ein Verhältnis mit unserer neuen Turnlehrerin. Darin konnte ich sie verstehen. Vorher hatten wir eine strenge alte gehabt, von der es hieß, daß sie BDM-Führerin gewesen sei. Wir wußten, was das war. Die neue Turnlehrerin dagegen mochten wir. Sie war jung und sehr elegant. Kurz nach unserer Entdeckung verließ sie die Schule.

Mußte sie sie verlassen? Ich weiß es nicht. Über die ganze Sache sprachen wir nie, weder mit irgendwelchen Lehrern noch mit Franziska. Aber wir alle beobachteten sie. Ich mochte Franziska, aber ich war nie richtig mit ihr befreundet, weder vor noch nach der Entdeckung. Der Russischkurs endete nach einem weiteren halben Jahr, und unsere Klassen wurden in der Oberstufe anders aufgeteilt. Franziska kam in die Parallelklasse. Im Grunde war das gut so, denn ich konnte mich nie konzentrieren, wenn ich neben ihr saß. Ich mußte sie immer beobachten, besonders, wenn sie die Hände in den Taschen hatte. Eine von uns hatte mal vermutet, was sie da tat. Es gab keinerlei Anzeichen dafür, dennoch ließ mich der Gedanke nicht los. Ich haßte mich selbst dafür, aber ich konnte nicht aufhören.

Nach dem Abitur sah ich Franziska nur noch selten. Doch ich hörte nie auf, mich mit ihr zu beschäftigen.

Ich hatte eigentlich keine Freunde während des Studiums. Es gab wohl ein paar Kommilitonen, mit denen ich ab und zu in Kneipen ging oder ins Kino. Hin und wieder tauchte einer auf, der hartnäckiger war als die anderen, der mehr wollte. Aber sie interessierten mich alle nicht. Am liebsten waren mir solche, mit denen ich Referate vorbereitete oder fürs Examen büffelte. Das war zu der Zeit, als wir durchsetzten, daß in Vorlesungen nicht vorgelesen, sondern diskutiert wurde. Und dann hatten wir doch nichts zu sagen, als der Professor sich in die erste Reihe setzte und schwieg. Das war auch die Zeit, als wir Gemeinschaftsreferate erkämpften, in denen Einzelleistungen nicht kenntlich gemacht wurden. Weil wir uns auch gegen Zensuren wandten, erhielten wir alle die gleiche »Drei«. Das bestärkte uns in dem Gefühl, auf dem richtigen Weg zu sein. Ich studierte damals Geschichte und Latein. Warum weiß ich selbst nicht, die Fächer interessierten mich nicht besonders. Aber wenn ich wieder mal krank war, konnte ich einfach im Bett weiterarbeiten. Und Studienrätin war ja auch was.

Bis zum Vorexamen begegnete mir Franziska zweimal in der U-Bahn. Wir redeten nur ein paar Worte, und es war wie in der Schule. Das beruhigte mich. Sie studierte jetzt Soziologie, und auch das war in Ordnung, denn das taten wir damals alle. Ich war froh, daß sie nur zwei Stationen mit mir fuhr, weil ich immer nach ihren Händen schauen mußte. Und ich dachte, sie wird es bestimmt merken, wenn ich so einen unruhigen Blick habe.

Fünf Jahre nach dem Abitur hatten wir unser erstes Klassentreffen. Alle waren da, nur Franziska fehlte. Jemand sagte, sie sei spurlos verschwunden. Man hatte sie einladen wollen, aber niemand wußte, wo sie war, auch ihre Eltern nicht.

Ein Jahr lang dachte ich darüber nach, dann begann ich, sie zu suchen. Zuerst nahm ich mir die Telefonbücher vor. Das war lange vor unserer Zeit, in der die Telefonnummern ganz

Deutschlands – des neuen Deutschlands – auf einer CD-ROM gespeichert sind und ich sie bequem zu Hause auf meinem Bildschirm durchsuchen kann. Damals mußte ich mit der Straßenbahn zum Hauptpostamt fahren und Telefonbuch für Telefonbuch durchblättern. Franziska hat einen recht häufigen Nachnamen, so daß ich mehrere Nachmittage auf diese Weise verbrachte. Doch ihr Name tauchte nirgends auf. Ich konnte mir jedoch nicht vorstellen, daß sie geheiratet hatte.

Ich rief ihre Eltern an, die mit mir aber nicht über ihre Tochter sprechen wollten. Nach meinem siebten Anruf weigerten sie sich, überhaupt noch mit mir zu reden. Franziskas Brüder schienen etwas zu wissen, was sie mir aber nicht mitteilen wollten. Als ich sie zu Hause besuchte, ließen sie mich vor der Tür stehen. Mehrmals war ich dort und sah genau, daß sie hinter den Fenstern standen und mich beobachteten. Doch sie öffneten nicht.

Meine Suche über das Einwohnermeldeamt ergab dann, daß sie erst nach Bremen und dann über Wilhelmshaven und Münster nach Heidelberg gezogen war. Ich hatte sie eingekreist. Jetzt war sie in greifbarer Nähe. Weil ich vollkommen sicher war, daß ich sie hatte, kündigte ich ohne Zögern meine Wohnung und zog nach Heidelberg, wo ich mein Studium – damals noch unbehelligt durch Numerus clausus oder ähnliche Einschränkungen – ebenfalls gut beenden konnte.

Ich ging zu ihrer Heidelberger Wohnung. Aber dort war sie nicht mehr. Die Nachbarn erzählten, daß sie vor einem halben Jahr fortgezogen sei. Wohin wußten sie nicht. Jemand blätterte im Kalender nach und fand sogar noch das genaue Datum des Auszugs heraus. Merkwürdigerweise war das exakt nach dem Wochenende, an dem ich mich entschlossen hatte, sie zu suchen. Ich wußte, daß das etwas zu bedeuten hatte. Aber was?

Heidelberg war recht gemütlich zu dieser Zeit. Aber es interessierte mich nicht besonders. Ich machte mein Examen und bekam sehr schnell eine Referendarstelle an einem Gymnasium. Nachmittags gab ich Nachhilfeunterricht. Glücklicherweise war meine Miete recht niedrig, denn ich benötigte viel Geld für die zwei Privatdetektive, die ich beauftragt hatte, Franziska zu finden, als ich selbst nicht mehr weiterwußte.

Einer von ihnen fand nach fast einem halben Jahr Recherche heraus, daß sie nach München gegangen war, ohne sich umzumelden, und dort in der Dokumentation eines Verlages arbeitete. Diesmal war ich absolut sicher. So zog ich nach München. Doch auch dort schien sie nicht mehr zu sein. Dann hieß es Göttingen. Während meiner Suche war ich nicht nur einmal gezwungen gewesen, den Wohnort zu wechseln, aber das war kein Problem, denn eine Stadt ist wie die andere, außerdem bin ich ungebunden und kann tun, was ich will. Allerdings machte mein Arbeitgeber mir Schwierigkeiten. Ich konnte mich nicht einfach von Schule zu Schule, von Stadt zu Stadt versetzen lassen. So ließ ich mich erst einmal für ein Jahr beurlauben, was wegen meiner Krankheit, die sich periodisch verschlimmerte, durchaus akzeptiert wurde.

Nach einem Jahr stellte ich fest, daß ich kein Interesse mehr an einem Arbeitsplatz hatte, der mich an einen Ort festnagelte. Da ich aber dringend wieder Geld verdienen mußte, bewarb ich mich bei einem Fernlehrinstitut als Lehrkraft für Deutsch. Leute schickten mir Aufsätze zu, ich mußte diese korrigieren und den Verfassern das Schreiben beibringen. Es waren Menschen mit wenig Bildung und viel Hoffnung: Eines Tages wollten die meisten von ihnen einen Bestseller schreiben. Zumindest aber Romanheftchen. Das war leichte Arbeit, und ich konnte sie überall machen, wo ich eine Schreibmaschine hatte. Pro korrigierten Aufsatz und erklärenden Beibrief erhielt ich 60 Mark. Da ich sehr schnell sein kann, verdiente ich ganz ordentlich. Das machte ich sechs Jahre lang.

Nebenher beschäftigte ich mich mit journalistischer Recherche und half in der Dokumentation jenes Verlages aus, in dem Franziska angeblich gearbeitet haben sollte. Zuerst unregelmäßig, dann immer häufiger. Bald hatte ich einen guten Ruf im Verlag: Mit schwierigen Problemen, verschollenen Personen etwa, verlorenen Akten oder heiklen Punkten in der Vergangenheit von Politikern, kam man zu mir. Als mir eine Festanstellung angeboten wurde, lehnte ich zwar ab – ich wußte ja nicht, wann ich wieder aus München fort mußte –, aber ich beendete nun endgültig meine Beamtenlaufbahn. Im Laufe der Jahre bekam ich auch Aufträge aus den Redaktionen, die über reine Recherchen hinausgingen: Ich durfte selber schreiben. Zuerst waren es nur kleinere Texte, später dann richtige Reportagen. Ich will nicht sagen, daß mich das besonders interessierte, aber offenbar war mein cooler, etwas gleichgültiger Stil genau das, was zu jener Zeit ankam.

Man ließ mich lokale Größen interviewen, schickte mich zu Pferderennen – das war nicht so gut, weil ich lange stehen mußte –, in Spielcasinos – schon besser, weil ich sitzen und dabei Menschen beobachten konnte, wie sie an den Tischen hockten und mit ihren Händen in Chips oder in Geld wühlten, und natürlich weil ich schauen konnte, ob ich Franziska irgendwo entdeckte. Schließlich sollte ich eine Reihe von Gerichtsreportagen machen. Dabei fand ich sie dann. Nach beinahe zwanzig Jahren.

Ich hatte schon mehrmals auf der Pressebank an Prozessen teilgenommen, die mich meistens ziemlich langweilten. Dieser allerdings war etwas Besonderes, und Stunden vor Prozeßbeginn hatte sich eine Schlange vor dem Gerichtssaal gebildet. Ein Staatsanwalt wurde wegen Fluchthilfe angeklagt. Außerdem sollte er mit der Entflohenen, einer vielfachen Mörderin, ein Verhältnis gehabt haben. Das war so recht etwas für die Boulevard-Presse. Und für alle anderen auch. Es wurden Eintrittskarten vergeben – und unter der Hand weiterverkauft, so gierig waren sie alle. Trotz meiner Karte hatte ich Schwierigkeiten hineinzukommen, ich bin klein und schmächtig, und wenn mit Knien und Ellbogen gekämpft wird, bin ich die erste, die man beiseite boxt. Außerdem machte mir meine Hüfte wieder zu schaffen. So landete ich auf einer der hinteren Bänke und mußte mich recken, um an den unruhigen, bulligen Typen vor mir vorbeischauen zu können.

Deshalb erkannte ich sie zuerst gar nicht. Dann konnte ich es nicht fassen. Sie war die anklagende Staatsanwältin des Prozesses, über den ich schreiben sollte. Sie trug glatte halblange schwarze Haare – in der Schule hatte sie sie immer ganz kurz geschnitten – und die übliche weite schwarze Robe, aus der sie nur, wenn sie aufstand und etwas sagte, ihre kräftigen Hände hervorzog. Ich glaube, daran erkannte ich sie zuerst.

Staatsanwältin. Eigenartig, daß sie, die wir verfolgt hatten, mit Blicken, mit Gedanken, mit Phantasien, sie, auf deren Fährte ich wie ein Spürhund geblieben war, selbst zu einer Verfolgerin geworden war.

Das Blut peitschte in meinen Ohren. So verstand ich kaum, was gesprochen wurde. Auch ihren Namen hörte ich nicht. Als ich mich hinterher erkundigte, war er mir völlig fremd. Sie arbeitete unter falschem Namen als Staatsanwältin. Daß sie geheiratet hatte, konnte ich mir immer noch nicht vorstellen. Ich erfuhr, daß sie kürzlich aus Nürnberg nach München gezogen sei. An den nächsten Prozeßtagen suchte ich mir einen Platz, von dem aus sie mich kaum erkennen konnte und ich sie nur sah, wenn sie stand, nicht wenn sie saß. Das hätte mich verrückt gemacht. So wurde ich wieder kühler und konnte auch hören, was gesprochen wurde. Allerdings, wenn ich diese Geschichte nicht schrieb, war es auch gut, ich würde sowieso bald wieder etwas anderes machen.

Ich fand ihre Adresse heraus und schrieb ihr einige Male, aber sie antwortete nicht. Ihre anfängliche Sicherheit im Gerichtssaal schwand, ihr Blick wurde unruhig. Aber sie hatte Glück: Dieser Prozeß war nicht zu verlieren. Nicht einmal ihr Schlußplädoyer brauchte sie noch zu halten, denn der Angeklagte hatte sich an einem der letzten Prozeßtage in seiner Zelle erhängt. Alle regten sich darüber auf und verstanden es nicht, hatte er doch höchstens mit zwei Jahren Haft zur Bewährung rechnen müssen. Eine Weile hielt sich das Gerücht, er sei ermordet worden, aber das habe ich nicht weiter verfolgt, es interessierte mich nicht sonderlich.

Im nächsten halben Jahr begann ihre Dienststelle meine hervorragenden Recherchefähigkeiten zu schätzen – noch bevor Franziska überhaupt wußte, daß ich dort beschäftigt war. Als es ihr aufging, saß ich so fest im Sattel, daß jeder Versuch einer Änderung Irritationen hervorgerufen hätte. So einigten wir uns ohne Worte darauf, nicht miteinander zu sprechen. Sie schaute mir nie in die Augen, wenn wir uns begegneten. Sämtliche Aufträge erhielt ich nur indirekt übermittelt. Die anderen in ihrer Dienststelle allerdings ließ ich wissen, wie sehr ich sie schätzte, und deutete auch entfernte private Beziehungen an.

Sie hatte tatsächlich geheiratet und wohnte etwas außerhalb Münchens, nicht mehr in der Stadt, aber auch nicht auf dem Lande. Nun machte ich endlich den Führerschein – bisher hatte ich ihn nicht gebraucht – und kaufte mir einen Wagen. Manchmal parkte ich ihn in der Nähe ihres Hauses und beobachtete das Grundstück. Sie hatte offenbar einen Sohn, acht oder zehn Jahre war der Junge wohl, den ich manchmal sah, und er besaß eine große Ähnlichkeit mit ihr. Ein Mann lebte dort nicht.

Eines Tages öffnete eine ältere Frau die Garagentür und stieg auf den Vordersitz neben Franziska, die den Wagen vors Haus gefahren hatte. Auf dem Rücksitz saß der kleine Junge. Als sie an mir vorbeifuhren, erkannte ich es: Die Alte war unsere Turnlehrerin. Ich war mir vollkommen sicher.

Ich ließ den Wagen an und fuhr ihnen nach. Ich mußte sie einfach zusammen sehen. Auf einem geraden Weg durch den Wald überholte ich sie, ziemlich schnell, denn Franziskas schwerer Mercedes fuhr jetzt mindestens 100. Sie schaute nicht aus dem Fenster, aber der kleine Junge preßte seine Nase an die Scheibe. Ich raste weiter, bis ich einige Kilometer Vorsprung gewonnen hatte. Dann hielt ich auf der rechten Fahrbahn, schaltete die Warnblinkleuchte an, stellte das Warndreieck auf und wartete. Ich sah sie kommen. Hinter mir hörte ich, wie sich auf der Gegenfahrbahn ein Lkw näherte. Als Franziska auf etwa 150 Meter herangekommen war, trat ich auf die Fahrbahn und winkte. Jetzt mußte sie einfach bremsen, um den Lkw vorbeifahren zu lassen.

Sie tat es nicht. Sie scherte aus, raste auf die Gegenfahrbahn, und dann, um dem Lkw auszuweichen, direkt in den Wald. Franziska und die andere Frau, die Haushälterin, die ich, wie sich später herausstellte, noch nie zuvor gesehen hatte, waren sofort tot. Der Junge überlebte. Er verbrachte zweieinhalb Monate im Krankenhaus, wo ich ihn täglich besuchte, und war danach ohne schwere bleibende Schäden. Ich nahm ihn zu mir, da keine lebenden Verwandten oder andere vertraute erwachsene Personen zu existieren schienen.

Glücklicherweise hatte der Lkw-Fahrer genau gesehen, daß ich mich bei meiner Panne völlig korrekt verhalten hatte, und man vermutete, daß Franziska wegen ihrer überhöhten Geschwindigkeit ins Schleudern geraten war und dadurch die Kontrolle über das Fahrzeug verloren hatte.

Wenn ich heute in meinem Rollstuhl sitze, liebevoll eingemummelt in eine dicke weiche Decke, und auf den Friedhof schaue, wo Franziskas erwachsener Sohn, den ich nach einigen Jahren adoptiert habe, ihr Grab pflegt, dann denke ich oft an ihre starken Hände, die er von ihr geerbt hat. Vor ihrer Einäscherung habe ich einen Abguß von Franziskas Händen machen lassen. Sie, immerhin, waren völlig unverletzt. In Bronze gegossen, liegen sie stets in meiner Nähe – meist allerdings von einem Spitzentuch bedeckt, das ich selbst bestickt habe.

Alles für die Katz'

Emma besaß 43 Katzen und ein großes Bett, in dem sie alle miteinander schliefen. Glücklicherweise hatte Emma auch einen weitläufigen Garten, und alle Katzen waren stubenrein. Letzteres war natürlich die Voraussetzung dafür, daß der sinnliche Genuß, den die Katzen Emma bereiteten, wirklich ungetrübt blieb. Mit anderen Worten: es stank nicht bei Emma.

Emma schlief nackt mit den Katzen. Das Gefühl der warmen, weichen, zärtlichen Katzenleiber, die an ihrer Haut entlangglitten, war mit nichts anderem auf der Welt zu vergleichen. So behauptete Emma. Und sie hatte manches ausprobiert. Pferde zum Beispiel. Nackt reiten. Und ohne Sattel. Auch das hatte was, fand sie. Aber es war da zu viel Kraft, zu wenig Leichtigkeit, wenig Zärtliches. Außerdem warf die Frage der gemeinsamen Lagerstatt gewisse Probleme auf. Mit Hunden schlafen hingegen ist eine Qual. Das hatte Emma schon nach einem einzigen Versuch mit drei Cockerspaniels und einem Boxer herausgefunden. Sie fiepen im Schlaf, strampeln im Traum, bellen, sabbern und stinken. Gräßlich. Von Hühnern, Gänsen, Enten, Kühen, Schafen und Elefanten natürlich ganz zu schweigen.

Es gab da zwar noch diese Phantasie von Seehunden. Mit Seehunden durchs Meer ziehen, dicht an Seehunden entlangschlittern, die glatte, nasse Haut auf der eigenen spüren. Aber verwirklichen ließen sich Emmas Träume nur mit den Katzen. Nachts waren sie sanfte, weiche Bettgefährten, und tagsüber gingen sie ihrer Wege. Genau wie Emma.

Es wäre schön, wenn ich jetzt sagen könnte: Und so lebten sie glücklich bis an ihr Lebensende. Aber das war leider nicht der Fall. Ich weiß es genau, denn ich war Emmas Nachbarin.

Und die ihrer Katzen. In meinen Gemüsebeeten scharrten sie, meine Rabatten gruben sie um, und meine jungen Amseln, Finken und Meisen jagten und fraßen sie. Aber auch meine Mäuse, Spatzen und die Stare, die mir die Kirschen wegfraßen. So nahm ich das Angenehme mit dem Unangenehmen, wie es eben kam, und lebte mit Emma und ihren Katzen in guter Nachbarschaft. Unsere Häuser, geräumige alte Bauernhäuser, lagen einige hundert Meter voneinander entfernt inmitten von Wiesen am Rande des Dorfes und in der Nähe eines Waldes, und so hatten die Katzen nicht nur in unseren Gärten viel Auslauf und Freiheit.

Manchmal lud Emma mich ein, und wenn wir abends am Kamin saßen, das Feuer knisterte und die Katzen schnurrten, dann war das, als ob die Erde tief aus ihrem Bauch heraus zufrieden brummte. Ein bißchen unheimlich war es allerdings auch.

Lange Zeit wußte ich nicht, daß sie wirklich mit den Katzen schlief. Ich dachte, die verteilten sich irgendwo in diesem riesigen Haus, in der warmen Asche des Kamins, auf dem Teppich davor, neben dem Backofen, im Heu auf der Tenne oder wo auch immer Katzen so schlafen. Von Emmas Schlafgewohnheiten erfuhr ich erst in der Nacht, als ihr Bruder sie besuchte. Das war der erste Besuch, den sie nach mehreren Jahren bekam. Lange Zeit hatten wir beide allein in unseren Häusern gelebt. Mein Mann war schon vor zehn Jahren gestorben, die Kinder hatten eigene Familien und wohnten in der Stadt. Hin und wieder kamen sie zu Besuch und versuchten, mich zum Nachkommen zu bewegen, aber ich kenne dieses Haus mein ganzes Leben lang, ich bin mit ihm verwachsen, und jetzt, mit 74, gehe ich nicht mehr von hier fort. Und Emma, Emma konnte man sich überhaupt nur allein vorstellen. Allein mit ihren Katzen. Zu ihr gehörte einfach keine Menschenfamilie. Natürlich existierte eine solche, und von der hörte ich auch von Zeit zu Zeit. So hatte Emma das alte Haus, in dem sie lebte, von einer Tante geerbt, der sie niemals begegnet war. Die Familie schien zerstritten zu sein, und die Tante hatte wohl zu einem Zweig der Familie gehört, der mit Emmas Teil keinen Kontakt pflegte. Nach ihrem Tod zeigte sich dann so etwas wie eine späte Reue, jedenfalls hinterließ die alte Frau das Haus ihrer Großnichte Emma. Und darüber hinaus gerade so viel Geld, daß es Emma knapp zum Leben reichte. Wenn Emma arbeitete, tat sie es für die Katzen. Denn es war nicht eben wenig, was 43 Katzen an Nahrung, Pflege und hin und wieder auch an Tierarztkosten benötigten.

Die Katzen kamen zu Emma, ich wußte nicht woher. Nie kaufte sie eine oder bekam eine geschenkt. Die Katzen trafen die Wahl. Es heißt zwar, Katzen seien Einzelgänger, aber Emmas schnurrige Hausgesellen bildeten eindeutig ein Rudel, mit Emma als Anführerin. Oft beobachtete ich, wie sie durch den Garten ging, immer umgeben von zehn bis 15 ihrer seidigen Begleiter. Warum sie übrigens genau bei 43 Katzen Halt machte, kann ich nicht sagen. Sie jedenfalls erklärte, 43 seien genug, mehr könnte sie nicht ernähren. Alle weiteren Kätzchen, die zur Welt kamen, gab sie fort, auch wurden einige Katzen und Kater sterilisiert. Niemals aber Mirko, ein prächtiger schwarzer Riese, dem seine weißen Ohren einen besonders wachen, neugierigen Ausdruck verliehen. Er war auffallend hochbeinig, und Emma vermutete, daß unter seinen Vorfahren mindestens ein Siamkater war. Seine blauen Augen schienen das zu bestätigen.

Was Emma wirklich von Beruf war, weiß ich nicht. In ihrem Haus hatte sie sich eine kleine Werkstatt eingerichtet, und dort lernte sie töpfern. Nach vielen Experimenten produzierte sie wunderschöne kleine Figuren, die sich in den Bio-Läden der umliegenden Städte recht gut verkaufen ließen: runde alte Weiblein, die satte Zufriedenheit ausstrahlten, zusammengerollte Kätzchen, die zu schnurren schienen, hohe stolze Katzen, so aufrecht wie die ägyptischen, und kleine, magische Wesen, die aus dem Erdboden wuchsen. Man berührte sie gern, und sie schmiegten sich einem so gemütlich in die Handfläche. Auch mir schenkte sie einige dieser Tonfiguren, sie hocken auf meinen Fensterbänken und erinnern mich auch noch heute an ihre Schöpferin.

Eines Tages dann kam Emma zu mir herübergestürmt. Ich ging gerade zurück ins Haus, einen Korb frisch geernteter Erdbeeren über dem Arm, und sagte im Vorübergehen zu den Brombeersträuchern: »Ja, ihr werdet heute auch noch hochgebunden.« Ich war so versunken, daß ich Emma erst bemerkte, als sie außer Atem neben mir stand. Allerdings war es auch sonst nicht leicht, sie zu hören, so leise wie sie immer war. Meistens erkannte ich sie an den Katzen. »Heute kommt Jason«, sagte sie, und ihr ganzes Gesicht leuchtete, während sie mir erzählte, daß ihr älterer Bruder ein Wochenende lang zu Besuch kommen und noch einen Freund mitbringen würde. Als sie mich etwas verlegen bat, ob sie abends vielleicht zu mir kommen dürften – »Fremde erschrecken manchmal über meine Katzen« –, willigte ich gern ein, denn außer von Emma bekam ich selten Besuch. Mit ihr war es immer sehr behaglich, und ich dachte, mit ihrem Bruder würde es wohl ähnlich sein.

Daß die Liebe zu Tieren seit Generationen in Emmas Familie lag, hatte sie schon oft erwähnt. Diese freundliche Nähe zwischen Mensch und Tier berührte mich sehr, als sie anfangs davon sprach. Erst als Emmas Bruder an diesem Sommerabend mit flammenden Blicken von der Kraft, dem honiggelben Fell und der erotischen Ausstrahlung seiner fünfjährigen deutschen Dogge schwärmte, die zu Hause auf ihn wartete, da bekam ich eine Ahnung, wie umfassend diese Liebe war. Um ganz genau zu sein: er schwärmte von der erotischen Ausstrahlung ihrer prallen Hinterbacken. So hingerissen war er, seine Schilderung so glühend, daß ich auch heute noch, Jahre später, seine Worte deutlich hören kann und mir ein überaus plastisches Bild dieses Tieres vor Augen steht: Ich sehe die große Hündin vor mir her tänzeln, sehe wie sich die straffen Muskelstränge unter dem glatten, glänzenden Fell ihrer Flanken abzeichnen, sehe sogar die kleinen Wirbel auf beiden Seiten des knackigen Hinterteils, das sie vor Freude hin- und herschwenkt.

An diesem Sommerabend, als wir zu viert in der Laube an meinem kleinen Teich saßen, begriff ich, wie nah Emmas Familie ihren Tieren wirklich war. Es war ein matter Abend nach einem zu heißen Tag. In den betörenden Duft des verblühenden Jasmins mischte sich schon ein leichter Hauch von Verwesung, und auch die Rosen taten zu viel des Guten. Mücken sirrten erregt um uns her, um unsere Beine streiften einige von Emmas schnurrigen Gesellen, und an der Grenze meines Gartens leuchtete ein Feld früher Margeriten auf. Die Dämmerung senkte sich herab, aber der Abend brachte keine Kühlung. Während wir den weichen Southern Comfort tranken, den Jason mitgebracht hatte, und die Eisstückchen in den Gläsern klirrten, summte Emma ein Lied von Janis Joplin, das ich oft bei meinen Kindern gehört hatte: »Freedom's just another word for nothing left to lose«. Und wir fühlten uns wie auf einer Insel, unverbunden mit anderen Menschen. Für jeden von uns kam ein Stück Vergangenheit zurück, und ich war diesen jungen Menschen dankbar, daß sie mich an etwas teilnehmen ließen, was eigentlich gar nicht mehr zu meinem Leben gehörte. Während Emma summte, fühlten wir uns in die Wärme und Sinnlichkeit einer Stadt wie New Orleans versetzt, die von uns vieren aber nur Nigel, der Freund von Emmas Bruder, gesehen hatte. Nigel war Amerikaner, und vom ersten Augenblick an hatte er sich in Emma verliebt. Auch wenn er gewollt hätte, es wäre ihm nicht gelungen, seine Gefühle zu verbergen. Emma war ein wirklich hübsches Mädchen, und an diesem Abend sah ich sie mit seinen Augen. Ihr dichtes schwarzes Haar reichte nur gerade bis zum Kinn, manchmal fiel es ihr ins Gesicht, und ihre ungewöhnlich zierlichen rosa Ohren schauten hervor. Ihr Mund war klein und sehr rot. Sie malte ihn nie an, aber alle starrten sofort darauf, weil sie so eine Angewohnheit hatte, sich nach jedem Satzende, als wollte sie einen Punkt setzen, mit der Zungenspitze flink über die Oberlippe zu fahren. Sie leckte sich nicht die Lippen, sondern sie züngelte und zwar so kurz, daß man nicht wegschauen mochte, um es beim nächsten Mal nicht zu verpassen. Genauso erging es auch Nigel. Deshalb bekam er wahrscheinlich nur Bruchstücke unserer Unterhaltung mit. Aber auch wenn er jedes Wort gehört und begriffen hätte, ich bin sicher, daß sich dennoch alles ganz genauso ereignet hätte, wie es dann später kam.

Alles, was ich heute über die Liebe zu Pferden, Hunden, Schweinen weiß, das habe ich in dieser Nacht erfahren. Emma hatte die Tierliebe tatsächlich mit der Muttermilch eingesogen. Sie erzählte, daß ihr Vater Zoologe gewesen war und oft mit der ganzen Familie durch die Welt reiste. Als seine Frau mit Emma schwanger war, lebten sie gerade auf Sumatra, wo er die Eigenheiten einer Gorillaart erforschte, die als besonders bösartig galt. Fast nebenbei fiel ihm ein Eingeborenenstamm auf, der Schweine als Haustiere hielt, gerade so wie wir Hunde. Hunde hingegen gelten auf Sumatra als Leckerbissen, besonders die schwarzen, und werden gern verspeist. Schweine aber, speziell die niedlichen kleinen Ferkel, hielt man in diesem Stamm als Kuscheltiere. Eines Tages, Emma war gerade zur Welt gekommen, beobachtete ihr Vater eine Frau, die an der einen Brust ihren Säugling stillte, während aus der anderen ein neugeborenes Ferkel trank. Die Muttersau war bei der Geburt gestorben, und diese Methode, das Junge über die Runden zu bringen, erschien den Besitzern vollkommen normal. Emmas Vater war so hingerissen von dem Anblick, daß er das zweite kleine Ferkel, welches noch ohne Zitze war, seiner eigenen Frau mitbrachte. Man mußte dem Tier zwar die schon vorhandenen Eckzähne abknipsen, aber dann fand Emmas Mutter die beiden ungleichen Trinkgesellen an ihrer Brust so originell, daß sie einen außerordentlichen Genuß aus dem Pärchen zog. Ein deutsches Wochenmagazin veröffentlichte sogar einige Fotos von dieser ungewöhnlichen Szene, und das hatte anscheinend die Spaltung der Familie ausgelöst. Emma behauptete, noch heute Erinnerungen an ihren Brustbruder zu haben und war es auch im nachhinein ganz zufrieden. »Jedenfalls«, so beendete sie ihre Geschichte, »hat es mir nicht geschadet und dem Ferkel auch nicht.«

Als sich meine Gäste nach diesem verzauberten Abend verabschiedet hatten, war ich noch hellwach und wanderte durch die Pfade meines Gartens. Auch wenn der Mond nicht so hell scheint wie in jener Nacht, finde ich dort alle Wege mit geschlossenen Augen. Jede Pflanze habe ich selbst gepflanzt, ich kenne sie alle, am Tage spreche ich mit ihnen. Die Nächte aber verbringen wir in Schweigen. Auch in dieser Nacht war es wundervoll still. Der Geruch der Blumen, des Wassers und der Erde war so intensiv, daß ich mich nicht einfach schlafen legen konnte. Vielleicht war es ja auch wegen dieser kleine Liebesgeschichte, die da vor meinen Augen begonnen hatte. Ich war voller Wehmut; wenn ich so etwas doch auch noch einmal erleben könnte. Und ich war wohl ein wenig betrunken von dem ungewohnten Getränk, sonst hätte ich das Folgende niemals getan. Ich öffnete die Pforte zwischen Emmas und meinem Grundstück und ging leise auf ihr Haus zu. Die Gästezimer waren im ersten Stock, das wußte ich, aber Emmas Schlafzimmer lag zu ebener Erde auf der Rückseite des Hauses. Sie hatte ihre Fenster weit geöffnet, und der Mond schien hinein.

Ich weiß nicht, was ich erwartet hatte, aber was ich sah, war eine Überraschung. Emma lag nackt auf ihrem Bett und schlief. Sie schlief allein, auf dem Rücken, und hatte Arme und Beine weit von sich gestreckt. Wahrscheinlich wegen der Hitze, so dachte ich. Sie war zierlich, hatte kleine Brüste und sehr dunkle Brustwarzen. Ich wunderte mich, daß sie trotz der Hitze halb unter einer Decke lag, einer Felldecke. Dann begriff ich, daß es die Katzen waren. Sie lagen dicht gedrängt um Emma herum, einige sogar auf ihr. Viele schliefen, aber nicht alle. Nun hörte ich auch das Schnurren. In Emmas linker Achselhöhle hatte sich ein Kätzchen zusammengerollt, in der rechten hockte ein großer alter Kater und stampfte wollüstig mit halbgeschlossenen Augen auf der Haut zwischen Emmas Brust und ihrer Achsel herum: Diese genüßliche, gleichmäßige Bewegung der Vorderpfoten, Milchtritt genannt, führen Katzen in Momenten großer Zufriedenheit aus. Es erinnert sie wohl an das Stampfen und das Saugen an den Zitzen ihrer Mutter. Mehrere Tiere hatten sich um Emmas Kopf gruppiert, lutschten und bissen an ihren Haarspitzen. Ein anderes Kätzchen leckte hingebungsvoll Emmas Armbeuge. Sicher gefiel ihm die feuchte, erhitzte, etwas salzige Haut.

Zwischen Emmas Beinen lagen weitere. Eine erkannte ich sofort an den weißen Ohrspitzen: Es war Mirko. Energisch putzte er sich. Während er den Kopf auf- und abbewegte, als ob er nicke, fuhr seine kleine rote Zunge durch sein schwarzes Fell. Nein, nicht nur durch seines: jetzt sah ich es genau, er putzte auch Emma, deren schwarzes Haar sich mit seinem vermischte. In Emmas Leiste schleckte ein rotes, an ihrem Knie ein gelbschwarzes Kätzchen herum. Andere kauten an ihren Zehen. Dann steigerte sich das Schnurren zu einem lauten Brummen. Aber nein, das war Emma. Sie war wach und genoß die Liebkosungen der Katzen. Mein Gott, drei Katzen waren zwischen ihren Beinen. Ich konnte mich nicht von der Stelle rühren, so fasziniert war ich. Dann zog Emma langsam die Knie an, weit, als wolle sie alle hineinlassen, schaute aus dem Fenster und sah mich. Ich wäre am liebsten im Boden versunken.

Am nächsten Morgen besuchte Emma mich. Ich wünschte, sie hätte es nicht getan. Ich schämte mich zutiefst, daß ich zur Zeugin ihrer geheimen Genüsse geworden war. Ich glaubte, ihr nie wieder in die Augen sehen zu können. Was würde sie sagen? Sie mußte mich hassen.

Aber Emma war völlig entspannt. Verblüffenderweise hielt sie mir sogar einen kleinen Vortrag über die Vorzüge von Katzenzungen. Ich wurde über und über rot, ich konnte fühlen, wie die Röte in Wellen über meinen Körper rollte. Emma schien das überhaupt nicht zu bemerken. Das Wunderbare an den Katzenzungen sei, so Emma, daß sie sich je nach Bedarf verändern könnten. Mal weich und feucht wie Menschenzungen, mal rauh, mal hart und wie mit winzigen Widerhaken übersät. Auch die Katzenpfoten hätten etwas Unvergleichliches: die Ballen so weich und die spitzen Krallen so prickelnd. Zart und hart, so seien Katzen.

Auch mit 74 Jahren hatte mich die Neugier auf die Dinge des Lebens noch nicht verlassen. Im Gegenteil, und ich kann in dieser Hinsicht die Behauptung, daß das Alter weise und abgeklärt macht, keineswegs bestätigen. Nach dem Tode meines Mannes, seit mir also die praktischen Betätigungsmöglichkeiten in dieser Hinsicht fehlen, bin ich umso stärker am Geschehen um mich herum interessiert. Was sich hier nun aber direkt in meiner Nähe ereignete, überstieg alles, was ich in dieser ländlichen Umgebung erwartet hatte. Sicher war ich sehr naiv. Ich beschloß, Emma als Naturkind zu betrachten, sie war der Natur eben näher als ich. Über alles andere wollte ich nicht genauer nachdenken.

Leider erwies sich diese Absicht als undurchführbar, denn ein weiterer Bartträger zog in Emmas Haus. Dieses Mal ein menschlicher. Nigel hatte beschlossen, bei Emma zu leben.

Damit hatte ich nicht gerechnet, vielleicht mit einer kurzen Affäre, aber auch mit dieser wohl kaum bei Emma zu Hause. Auch hier hatte ich mich geirrt. Nigel zog nicht nur zu Emma, sie teilte sogar ihr Schlafzimmer mit ihm. Nun hätte ich einiges dafür gegeben, um noch einmal einen Blick in dieses Zimmer werfen zu können. Anfangs schien es keine Konflikte zu geben, Nigel arrangierte sich offensichtlich mit Emmas Leisetretern. Im Garten sah ich die Katzen um Emmas und Nigels Beine streichen, auch er fütterte sie, und sie nahmen das Futter von ihm an.

Schnell wurde Nigel mir ein angenehmer Nachbar, er half bei der Pflege der Obstbäume, hatte auch meinen Komposthaufen schon einmal gewendet und wollte sogar meinen Zaun streichen. Allmählich allerdings schien sich seine Beziehung zu den Katzen zu wandeln. Er reagierte gereizt auf ihre zärtlichen Berührungen und zog sein Bein weg, wenn sie sich an ihm rieben. Einmal sah ich ihn sogar nach einer von ihnen treten. Eines Tages, eines frühen Morgens, lange vor dem Frühstück, stand Nigel dann mit verzweifeltem und zerkratztem Gesicht vor meiner Tür. Ich habe ihn nie gefragt, ob er von der ganz besonderen Beziehung zwischen Emma und den Katzen wußte. Was er erlebte, störte ihn inzwischen schon genug. Am störendsten, so hatte er mir einmal, damals noch lächelnd, erzählt, sei es, daß sie ein ausgesprochenes Gespür für sinnliche Stimmungen hätten, für »good vibrations«, wie er sagte. Man weiß ja von Katzen, daß sie empfänglich sind für bestimmte Wellen, für intensive Ausstrahlung. Diese Erfahrung habe ich selbst schon mehrfach gemacht. Manchmal leide ich unter heftigen Kopfschmerzen, dann lege ich mich auf den Boden und mache autogenes Training. Wenn die Fenster geöffnet waren, fanden sich früher nach einer Weile unweigerlich zwei oder drei, manchmal noch mehr von Emmas Hausgesellen ein, die sich schnurrend um mich gruppierten.

Und noch etwas Kurioses verriet mir Nigel. Die Katze mit den weißen Ohren – das war natürlich Mirko, aber Nigel konnte sie nicht auseinanderhalten – hätte die Angewohnheit, den Milchtritt, die stampfende Bewegung mit den Vorderpfoten, mit Vorliebe auf Nigels nacktem Rücken auszuführen, und zwar speziell dann, wenn dieser in rhythmischen Auf- und Abbewegungen begriffen war.

Inzwischen war Nigel überzeugt, daß die Katzen eifersüchtig auf ihn waren, und ich bin geneigt, ihm recht zu geben, zumal er mir an jenem Morgen erzählte, daß eine der Katzen, die mit den weißen Ohren, ihn letzte Nacht in eben jenen Körperteil gebissen hatte, mit dem er Emma all die sinnlichen Genüsse zu schenken entschlossen war, die ihr vorher die Katzen beschert hatten. Aber – wie gesagt – ich nehme an, daß Nigel gar nicht wußte, aus welchem Bereich er die Katzen verdrängte. Auf jeden Fall hatte er Emma nach diesem Biß ein Ultimatum gestellt: »Die Katzen oder ich.« Emma war in Tränen ausgebrochen: »Er wollte dir doch nicht wehtun«, rief sie immer wieder, »er wollte dir eine Freude machen.« Das konnte Nigel nicht glauben. Plötzlich sprang der Kater Nigel an. So etwas hatte bisher keine der Katzen getan. Nigel griff sich Hemd und Hose und rannte aus dem Haus.

In den nächsten Wochen verbrachten wir alle eine sehr unruhige Zeit. Mal war Nigel fort und Emma verzweifelt. Dann reiste sie ihm nach, und ich mußte die Katzen füttern. Da ich ihnen aber nicht geben konnte, was Emma ihnen gab, noch nicht einmal die intensive tägliche Aufmerksamkeit, wurden sie immer wilder. Dann kam Emma wieder und brachte Nigel mit. Aber er weigerte sich nun, in dem Katzenschlafzimmer mit ihr zu schlafen. Schließlich riß sich Emma die Katzen aus dem Herzen. Ich wußte, daß sie einen großen Fehler machte, aber sie schien Nigel wirklich zu lieben. Nur einen, ihren Mirko, wollte sie unbedingt behalten, und damit war Nigel einverstanden, obwohl er immer einen großen Bogen um das Tier machte.

Emma annoncierte in mehreren Zeitungen, und es kamen einige Leute, die Emmas Katzen zu sich holten. Aber nur zwölf konnte sie in Familien unterbringen, die anderen 30 mußten ins Tierheim. Es war entsetzlich, Emma in dieser Zeit zu beobachten, sie war bleich, nervös, und ihre kleine Zunge wanderte unentwegt über die Oberlippe. Aber auch Nigel ging es nicht gut. Vielleicht war er inzwischen bereit, seine rigorose Forderung zurückzunehmen, aber als ob er sich selbst daran hindern wollte, hatte er nun auch noch eine Katzenhaarallergie entwickelt, wanderte rotäugig umher, schniefte und nieste unentwegt.

An dem Abend, als die 30 Katzen ins Tierheim geholt wurden, blieb Emma nicht zu Hause. Sie hockte bei mir, betrank sich, nahm Abschied von ihren Tieren und erzählte mir alles, was sie über die Liebe zwischen Mensch und Tier herausgefunden hatte. Sie weinte, und dann lachte sie wieder. Sie sprach mit erstaunlicher Offenheit über alles und erzählte mir auch, daß sie einmal erotische Versuche mit Katzenminze unternommen hätte. Ich wußte schon, daß Emma ein kleines Beet mit diesen unscheinbaren Pflanzen angelegt hatte, die die Katzen so lieben, weil der Geruch sie berauscht, und manchmal hatte ich die Tiere beobachtet, wie sie dort ekstatisch herumtollten. Sie wälzten sich in den Pflanzen und rasten wie verrückt durch den Garten, die Bäume hinauf und wieder herunter. Eine Viertelstunde dauerte dieser Trip meistens, dann waren sie wieder normal und gingen ihrer Wege. Ich hatte den Eindruck, daß sie sich das als abendliches Vergnügen gönnten, wie wir ein gutes Glas Wein trinken – nicht jeden Abend, aber immer, wenn ihnen danach war. In einer unserer ausgelassenen Stimmungen haben Emma und ich einmal erörtert, ob Katzen einen Kater bekommen können, aber sie erzählte, am Morgen nach diesem Rausch seien sie genau wie immer, sanfte, weichpfotige Hausgesellen.

Emma nun hatte sich eines Tages, in der Dämmerung, der Stunde der Katzen, in ihrem Schlafzimmer eingeschlossen und sich am ganzen Körper mit Katzenminze eingerieben. Dann hatte sie sich aufs Bett gelegt und von dort die Tür mit einem Band aufgezogen. Der Effekt sei überwältigend gewesen. Die Katzen mußten sich geradezu auf Emma gestürzt haben, sie wälzten sich auf ihr, rieben ihre Köpfe, ihre Körper an ihr. Dann wieder rasten sie durch den Raum, schrien laut, sprangen auf Emma und rutschten auf ihr herum. Allerdings hatte Emma das Experiment nie mehr wiederholt, da die Katzen in dieser rauschhaften Leidenschaft auch ihre Zähne und Krallen kaum noch unter Kontrolle hatten und Emma am nächsten Morgen ziemlich zerkratzt und zerbissen war, gerade an den empfindlichsten Stellen.

Erst am nächsten Morgen nach dieser Nacht des Abschieds ging Emma heim. Sie schlief den ganzen Tag. Mirko strich auf der Suche nach seinen Gefährten durch den Garten.

Stundenlang saß jetzt Nigel bei mir und zermarterte sich mit der Frage, ob er vielleicht alles falsch gemacht hätte. Sicher hatte er das. Er hätte sich nicht in Emma verlieben dürfen. Aber sollte ich ihm das sagen? Ich wußte, daß alles falsch lief, und hatte eine ungute Ahnung. Aber was hätte ich tun können? Hätte ich etwas verhindern können? Abends kam Emma dann und holte Nigel nach Hause. Sie wirkte betrübt, aber liebevoll. »Ich bin traurig«, sagte sie, »aber ich will wieder fröhlich sein. Komm, wir wollen den Beginn unseres gemeinsamen Lebens feiern.« Ich sah ihnen nach. Und ich sah sie nie wieder.

Mitten in der Nacht wurde ich wach und dachte, es sei Tag. Aber es war nur taghell. Emmas Haus brannte. In dieser Nacht brannte der eine Flügel fast vollständig ab. Später stellte sich heraus, daß eine einzige brennende Kerze, die

Emma wohl auf den festlich gedeckten Tisch gestellt hatte, die wehenden Vorhänge am Fenster entzündet hatte. Merkwürdig, dabei war die Nacht windstill gewesen. Nach diesem heißen Sommer war das Gebälk natürlich knochentrokken gewesen. Nigel war in den Flammen umgekommen, aber die Feuerwehr hatte Emma retten können. Sie stand vor ihrem brennenden Haus, in zerfetzter Kleidung, mit verrußtem Gesicht, und plötzlich sah sie Mirko an einem der Fenster. Er schrie, und die Flammen züngelten schon in seinem Pelz. Weil niemand damit gerechnet hatte, daß sie tatsächlich noch einmal in das brennende Haus laufen würde, hielt niemand sie zurück. Drinnen stürzte eine Decke ein und erschlug Emma.

Mirko überlebte den Brand. Mit versengten Barthaaren und angeschmortem Schwanz zwar, aber er lebte. Als das Fenster vor Hitze zerbarst, stürzte er sich in die Tiefe. Und fiel auf die Füße.

Als ich das am nächsten Tag erfuhr, wußte ich plötzlich, daß ich so etwas schon oft gelesen hatte: Ein Mensch versucht, eine Katze zu retten, und kommt dabei um. Die Katze aber lebt. Wie beunruhigend. Und noch etwas ist mir aufgefallen, da ich in der letzten Zeit wieder häufiger in der Bibel lese: In der Bibel gibt es keine einzige Katze. Warum eigentlich nicht?

Merkwürdigerweise hat Emma ihr Grundstück ausgerechnet mir vermacht. Zusammen mit Mirko. Wieso hat sie damit gerechnet, daß sie vor mir stirbt? Das Haus ist eine Ruine, und das Grundstück verwildert. Ich traue mich nicht, die Reste des Hauses zu betreten, aber verkaufen mag ich es auch nicht. Mirko scheint sich selbst zu versorgen. Er lebt noch immer dort. Manchmal kommt er neuerdings zu mir. Dann sitzt er auf meiner Fensterbank und schaut hinein. Seine Augen folgen mir. Bis ich aufstehe und ihm ein Schälchen Milch vor die Haustür stelle. Bisher ist er noch nicht hereingekommen. Und ehrlich gesagt, bin ich darüber ganz erleichtert. Obwohl, so ein zufrieden schnurrender, weicher, wärmender Kater hat durchaus etwas Verlockendes. Besonders in kalten Winternächten. Und allmählich naht schon der Herbst.

HERBST

Kleine Schweinereien

Purpurrot und imposant stand es vor ihnen. Mitten auf dem Tisch, zwischen Knäckebrot, Magerquark, Diät-Joghurt und Streichkäseeckchen. Mit Display und elektronischem Codeschloß, menügesteuerter Bedienerführung und Zielwahltasten.

»Schon wieder«, dachten Marion, Eva und Hannelore im Chor, als Rita entschlossen zugriff und sich noch eine Scheibe Knäckebrot nahm. »Die dritte«, dachten sie, sagten aber nichts. »Dreimal 29 sind 87«, rechneten sie still und addierten dann noch 80 Kalorien – an die Umrechnung in Joule konnten sie sich einfach nicht gewöhnen – für die Spitze der halbfetten Streichmettwurst hinzu, die Rita gerade mit einem Schlag ihres großen Fleischmessers abgehackt hatte. 30 Gramm zeigte die Waage an, Rita strich einen Posten aus der Liste aus, die jede von ihnen neben sich liegen hatte, dann schmierte sie die Wurst über ihre dritte Scheibe Knäckebrot, daß es knisterte.

Alle schauten andächtig zu, während Rita die Schnitte zum Munde führte und krachend abbiß. Die anderen drei hatten – wie vorgeschrieben – nur eine einzige Scheibe gegessen. Aber sie kritisierten Rita nie. Sie würde es schon merken, morgen abend, wenn alle auf die Waage mußten.

»Nun klingel' doch schon«, sagte Rita, leckte die Spitze ihres kleinen Fingers an und tupfte einen Krümel auf, der auf das Display ihres neuen Telefons gefallen war. Dann lutschte sie den Finger ab. Etwas in Hannelores Magen zog sich zusammen. Rita nahm ihr Taschentuch und polierte den Fettfleck vom Plastikgehäuse fort. »Digitales Komforttelefon«, sagte sie dabei genüßlich. »Was heißt eigentlich digital?« – »Meines hat noch eine Wählscheibe«, erwiderte Marion nicht ganz folgerichtig. Dann war es wieder still. Eigentlich wollte Rita ihren Freundinnen dieses hochtechnisierte Gerät am liebsten in Aktion vorführen, aber leider rief eben nur sehr selten jemand bei ihr an.

»Ich wollte mal was besonderes haben«, erklärte Rita. »Dies war das Teuerste, was sie hatten. Wo ich doch jetzt so viel am Essen spare. Es ist mit Wiederwahltaste und Fernabfrage.« – »Wozu brauchst du das denn eigentlich?« fragte Hannelore, und dann klingelte es. Sie fuhren in die Höhe, und Rita griff nach dem Hörer. Dann besann sie sich, ergänzte »und mit Lautsprechtaste«, drückte auf einen Knopf, beugte sich vor und sagte ungefähr in die Richtung, in der sie das eingebaute Mikrophon vermutete, laut: »Rita Mahler«.

»Hallo Rita, ich möchte dich gern mal vögeln«, tönte eine ihr völlig unbekannte, metallen klingende Männerstimme zwischen Magerquark und Knäckebrot hervor.

»Das wollen viele«, antwortete Rita, »aber möchten Sie sich nicht erst mal vorstellen?« Rita war 52 Jahre, sie hatte ein kleines, spitzes, etwas schnippisches graues Gesicht und zu ihrem geheimen Kummer sehr dünne Haare, die ihr, seit sie in den Wechseljahren war, auch noch ausfielen. Ritas Mann hatte sie vor 20, ihr erster und letzter Liebhaber vor 15 Jahren verlassen. In den Augen ihrer Freundinnen rangierte Rita ziemlich weit unten auf der Stufenleiter weiblicher Attraktivität. In ihren eigenen auch. Ritas coole Reaktion auf diesen Anrufer aber, einen jener Männer, von denen jede der vier Frauen schon mal belästigt worden war, veränderte das hierarchische Gefälle zwischen den Freundinnen schlagartig und für alle Zeiten.

»Hoho«, sagte die tönerne Stimme auf dem Abendbrottisch, »bald komme ich vorbei und besorg' es dir. Aber so richtig. Hohoho.« Rita fand, sein »hohoho« klinge, als ob er in eine Gießkanne aus Metall riefe. Sie stellte sich vor, wie er mit einer dieser großen, schweren Eisengießkannen in der

Telefonzelle stand und in die Tülle tutete. Er hatte es bestimmt lange geübt. Jetzt röchelte er mehrmals, als ob ihn jemand würgte, und flüsterte dann: »Keine Angst, es macht dir bestimmt Spaß, wenn ich dich mal so richtig vornehme.« Rita, die keinerlei Angst verspürt hatte, sagte gar nichts. Sie stellte sich vor, wie in einer engen Telefonzelle an einer dunklen Straßenecke ein Mann einen anderen würgte, der gerade in eine Gießkanne tutete. Die Freundinnen starrten auf das Telefon in ihrer Mitte. Hannelore kicherte aufgeregt und rief dann: »Sie Schwein! Igitt, leg' doch auf.« Ermutigt durch diesen Zuspruch stöhnte der Mann zweimal und fuhr fort: »Dann zieh ich dir das Höschen aus und geh' dir an die Muschi. Erzähl doch mal, wie sieht sie denn aus, deine Muschi?« Rita, die nichts weniger vorhatte, als ihm dies zu erzählen, zumal vor ihren Freundinnen, legte auf.

»Männer sind Schweine«, sagte Hannelore, griff nach einem Streichkäseeckchen, riß es aus dem Silberpapier und schob sich das ganze Stück, ohne es abzuwiegen, in den Mund. Dann rollte sie das Papier zwischen beiden Handflächen zu einem kleinen Ball und schnippte es in den Raum. Marion, die das genau beobachtet hatte, sagte nichts. Eva hatte gar nichts beobachtet. »Wieviel, hast du gesagt, kostet so ein Telefon?«, fragte sie.

»Rita, Sie haben 100 Gramm zugenommen«, verkündete am nächsten Abend die Leiterin ihrer Gruppe mit Blick auf die große, genaue Waage. »Wie kommt denn das?« Vor einer Woche hatte Rita auf die Wie-kommt-denn-das-Frage ein kleinlautes Weiß-ich-auch-nicht herausgequetscht. Diesmal fiel ihr nichts Neues ein, deshalb sagte sie gar nichts. Hannelore, Eva und Marion hingegen hatten in der letzten Woche zwischen 300 und 650 Gramm abgenommen. Die 16 Frauen und der eine Mann ihrer Weight-Watcher-Gruppe klatschten so heftig Beifall, daß es im Gemeindesaal widerhallte. Das machten sie immer bei Erfolgen, es stärkte das Selbstbewußtsein und half, weiterhin konsequent zu bleiben. Bei Rita hatten sie nicht geklatscht. Als alle gewogen waren, setzte man sich zusammen und erörterte eine Frage, die Marion aufgeworfen hatte: »Wie bleibe ich auf der Geburtstagsfeier meiner Tochter standhaft, wo es immer so viel Kuchen gibt?« Nach einer Stunde trennte man sich mit guten Wünschen bis zum nächsten Dienstag voneinander.

»Na«, fragte Hannelore, als die Freundinnen hinterher beim Italiener zusammensaßen und Mineralwasser tranken. Sie nannten das den Härtetest. Es sollte die Willenskraft stärken. »Na, hat er noch mal angerufen?« – »Wer?« Rita schaute fragend in die Runde. »Ach so. Nein.«

Als sie nach Hause kam, blinkte der Anrufbeantworter zweimal. Beim ersten Mal hatte jemand heftig ins Telefon geatmet, beim zweiten Mal war gleich aufgelegt worden. Am nächsten Abend hörte Rita es schon klingeln, als sie den Schlüssel ins Schloß steckte. Schnell öffnete sie, schmiß die Tür hinter sich zu, rannte zum Telefon und drückte die Lautsprechtaste.

»Hallo, Rita«, flüsterte die Stimme, »ich möchte dich gern mal vögeln.« Schnell zog Rita den Mantel aus, schmiß ihn auf die Couch, setzte sich an den Tisch und erwiderte: »Und ich möchte jetzt wahnsinnig gern eine Riesenportion Grünkohl mit Kasseler und Röstkartoffeln, in Butter gebraten und mit Zucker überzogen. Dazu ein großes Bier, eiskalt, und einen Schnaps.« In der Leitung war es einen Moment still, dann sagte die Stimme: »Bald komme ich vorbei und besorg' es dir mal richtig. Hohoho.« Wieder hatte Rita die Vision des Mannes mit der Gießkanne. »Du könntest mir eine Riesenportion Cannelloni besorgen«, erwiderte sie, »ordentlich mit Parmesankäse darüber. Dazu eine Flasche Rotwein. Hinterher ein Mousse au chocolate oder vielleicht Tiramisu. Am besten beides.« – »Keine Angst«, konterte die Stimme auf dem Tisch, »es macht dir bestimmt Spaß, wenn ich dich mal so richtig vornehme.« – »Weißt du«, klärte Rita ihn auf, »ich habe eigentlich nur Angst, daß ich morgen früh wieder nicht an dem Kiosk am Bahnhof vorbeikomme. Heute war das schon so schlimm, ich mußte mir fünf Mars- und Bountyriegel kaufen, und die hab ich alle hintereinander runtergeschlungen, noch bevor der Zug kam. Ich hab mir dabei auf die Lippe gebissen, und die Spucke ist mir so richtig aus dem Mund getropft.«

Es dauerte ein paar Augenblicke, bis die Stimme, die eine Weile nicht zum Zuge gekommen war, wieder zu Worten fand: »Dann zieh ich dir das Höschen aus und geh' dir an die Möse. Erzähl doch mal, wie sieht sie denn aus, deine Möse?« – »Ach«, sagte Rita, »wo soll ich da anfangen? Ich erzähl dir lieber was von meinem Busen. Der ist nämlich wirklich toll. Ich weiß, daß Hannelore immer, wenn sie denkt, ich höre das nicht, sagt, das sei alles nur angefressener Babyspeck, aber ich finde ihn wirklich schön. So glatt und prall. Vielleicht sollte ich gar nicht abnehmen.«

Aber die Stimme hatte sich noch nicht von ihrem letzten Themenschwerpunkt lösen können. »Dann pack ich deine Mö...«, fuhr sie fort und machte stöhnend eine Pause – vermutlich, um die Spannung zu steigern. »Manchmal«, ergriff Rita dankbar die Gelegenheit, »stellte ich mir vor, daß ich eine riesige Schwarzwälder Kirschtorte packe und da mit beiden Händen reingreife. Die Schlagsahne quillt mir richtig zwischen den Fingern hervor. Und dann stopfe ich mir alles in den Mund. Und mein ganzes Gesicht ist voll Creme und Sahne und Kirschen. Und ich fresse und fresse. O Gott, ist das toll.« Rita hatte einen leichten Schweißausbruch und in ihren Mundwinkeln ein wenig Schaum. Sie lehnte sich im Stuhl zurück und gab sich ihrer Vision hin.

Die Stimme auf dem Wohnzimmertisch nutzte die Pause, um Rita über den Fortgang der Dinge auf der anderen Seite zu informieren: »Ich habe jetzt meinen Schwanz in der

Hand.« Rita fielen die Bounty-Riegel ein, die sie am Morgen heimlich verdrückt hatte, und sie spürte das Verlangen, dieses Thema wieder aufzunehmen und noch eine Weile zu erörtern: »Es ist ja nicht allein das Essen, ich muß die Sachen auch richtig anfassen können. Wenn sie so schön matschig in meiner Hand schmelzen, das ist erst der echte Genuß. Ich hab dann einen ganz verschmierten Mund, voll Schokolade, und muß ihn immer ganz schnell abwischen, damit das keiner sieht.«

»Ich seh' dich immer, ich beobachte dich«, behauptete die Stimme nun, »wenn du dich ausziehst, wenn du nackt in der Badewanne liegst. Ich seh' dich immer.«

Erfreut griff Rita, die keine Badewanne, sondern nur eine Dusche hatte, das Stichwort auf: »Wenn ich die Torten so sehe, wie sie im Schaufenster der Konditoreien stehen, das ist eine Qual. Ich will da immer rein und mir Berge von Kuchen kaufen. In Windbeutel beißen, daß die Sahne an den Seiten hervorquillt. Spritzringe und Schäumchen, Schweinsohren und Käsetorte – herrlich! – Mascarpone, Mokkacreme, Marzipanschnitten. Fleisch ist auch gut, Rinderroulade, Gänsebraten..., aber am liebsten mag ich doch Süßes.«

»In dein nacktes Fleisch will ich greifen, meine Süße«, extemporierte die Stimme, die bisher nur mit Versatzstücken gearbeitet hatte, nun plötzlich und bewies damit wesentlich mehr Flexibilität, als Rita ihr zugetraut hatte. Das Bild des Mannes mit der Gießkanne in einer dunklen Telefonzelle wurde ersetzt durch die Vision von einem Herrn, der in jeder Hand ein Kuchenpaket trägt und freundlich lächelt. Das war so ein hübscher Anblick, daß Rita eine Weile verstummte und ihn seinerseits vorankommen ließ.

In dieser Nacht schlief Rita zum ersten Mal seit Wochen acht Stunden lang, ohne zwischendurch aufzuwachen und zum Kühlschrank zu gehen.

Beim nächsten Treffen ihrer Weight-Watcher-Gruppe

wurde Rita gefeiert: Sie hatte 300 Gramm abgenommen. Natürlich klatschten Marion, Eva und Hannelore genau wie alle anderen mit, aber irgendwie nicht so heftig. »Meistens geht es nach so einem Anfangserfolg erst einmal wieder aufwärts mit dem Gewicht«, belehrte Hannelore sie, als sich die vier Frauen vor dem Gemeindesaal voneinander verabschiedeten. Rita wollte heute nicht zum Italiener mitkommen. »Also«, setzte Marion nach, »paß in den nächsten Tagen gut auf. Am besten gehst du gar nicht an Bäckereien vorbei. Vielleicht solltest du mit einem Taxi ins Büro fahren, damit du nicht am Bahnhofskiosk warten mußt.« Rita errötete. Die Frauen hatten sich ihre Schwachpunkte erzählt, alle wußten, daß Rita Süßigkeiten nur schwer widerstehen konnte. Aber daß sie über den Bahnhofskiosk informiert waren, erschütterte Rita. Sie mußten sie beobachtet haben.

»Irgendwie ist sie komisch«, sagte Hannelore, als sie ihrer Freundin nachschauten. »Was hat sie gesagt, warum wir gestern nicht zu ihr kommen sollten? Weil das Telefon repariert wird? So ein Quatsch. Glaub' ich ihr nicht.« Seit zwei Monaten trafen die Frauen am Abend vor dem Weight-Watcher-Treffen reihum bei einer von ihnen zusammen. Sie konnten sich dann an diesem Abend vor dem Wiegeakt unterstützen und kontrollieren. Gestern wäre Rita dran gewesen.

Auf dem Nachhauseweg verspürte Rita ein wildes Verlangen nach Cremekuchen. Da es schon fast neun Uhr abends war, hatten alle Geschäfte geschlossen. Als sie an einer Kneipe vorbeikam, ging sie, einem Impuls folgend, hinein. Ob sie auch Kuchen hätten, fragte sie den Wirt und erzählte, wenig überzeugend, etwas von einer Cousine, die überraschend zu Besuch gekommen sei und nun auch noch Geburtstag hätte. »Nur eine halbe tiefgefrorene Kirschtorte«, meinte der Wirt verwundert. Rita kaufte das ganze Stück, eilte nach Hause, stellte den Backofen auf 100 Grad und schob den Kuchen in ihrem größten Topf hinein.

Da der Anrufbeantworter wieder zweimal aufleuchtete, als Rita nach Hause kam, fürchtete sie schon, daß der Herr aus der Telefonzelle seine Bemühungen für heute eingestellt oder sich anderweitig orientiert hätte. Doch beide Male war es Hannelore gewesen, die Rita für den übernächsten Abend ins Kino einladen wollte. Das hatte sie noch nie getan. Nach einer Viertelstunde klingelte das Telefon, und Ritas Gesprächspartner gab sich durch den inzwischen vertrauten Einleitungssatz zu erkennen.

»Augenblick«, sagte Rita, »ich muß nur eben was aus der Küche holen.« Und während schnaufende Geräusche auf Ritas Wohnzimmertisch andeuteten, daß er mit seinen eigenen Vorbereitungen beschäftigt war, trug Rita ihren Kochtopf ins Zimmer, stellte ihn vors Telefon und sagte: »So, los geht's.«

Die Kirschtorte hatte ihre feste Konsistenz inzwischen verloren und war als solche nur noch schwer erkennbar. Der Rand war geschmolzen, und die Kirschen rutschten nacheinander in die Sahnesauce hinab. »Ich greif da jetzt rein«, sagte Rita, packte mit beiden Händen zu und stopfte sich die milchige Masse in den Mund. Die Geräusche, die in der nächsten Viertelstunde auf beiden Seiten der Telefonleitung produziert wurden, ähnelten sich in verblüffender Weise.

Während die Stimme aus dem Kästchen allerdings nur hin und wieder den einen oder anderen Satz einschieben konnte, berichtete Rita unentwegt vom Fortgang des Geschehens auf ihrer Seite. Eine gewisse Monotonie ihrer Schilderung war nicht von der Hand zu weisen. Doch Rita interessierte sich nicht weiter dafür, wie ihre Beschreibungen beim Hörer ankämen. Dieser hingegen schien irgendwann eine Resonanz auf seine eigenen Äußerungen zu vermissen und sagte plötzlich: »Wenn du nicht zuhörst, wichs ich über deine Torte.« Zu ihrer eigenen Verblüffung konterte Rita sofort: »Dann nehm' ich mein großes Fleischmesser und stech dir in die

Eier.« Auf der anderen Seite war es still. Schon begann Rita zu fürchten, daß sie ihren Gesprächspartner endgültig verloren hatte. Doch dann sagte er plötzlich mit ganz normaler Stimme: »Ne, du, also Sado-Maso, da steh' ich einfach nicht drauf. Kannst du nicht wieder vom Essen erzählen?«

In den nächsten Wochen erhielten mehrere Herren Anrufe von einer ihnen völlig fremden Person, offenbar weiblichen Geschlechts. Eine Frauenstimme erzählte, erst langsam, dann immer erregter, schließlich mit sich überschlagender Stimme und von Seufzen und Stöhnen unterbrochen, mit welcher Gier sie sich eine Schwarzwälder Kirschtorte einverleibte. Offenbar tat diese Person genau das, was sie beschrieb, während sie sprach. Zwischendurch stieß sie mehrmals heftig auf. Für etliche der Herren waren diese Anrufe, die sich meist wiederholten, recht beunruhigend, darüber hinaus hatten sie noch den irritierenden Nebeneffekt, daß manche der so angesprochenen Männer die eigene Frau mit gänzlich veränderten Blicken betrachteten, wenn sie abends nach der Arbeit zu ihr nach Hause kamen. Einige fragten sich zum ersten Mal in ihrem Leben, was ihre Ehefrauen tagsüber eigentlich so machten. Manche fühlten sich sogar derart belästigt, daß sie nach einigen Wochen des Erduldens die Polizei um eine Fangschaltung ersuchten. Dabei gab es ein paar peinliche Szenen auf der Wache, als der diensthabende Beamte seine Kollegen aus dem Nebenraum rief: »Jungs, da ist schon wieder so ein Komiker. Hört euch mal an, was der hier erzählt.«

Noras Lebenselixier

Mit zwölf Jahren ahnte Nora, daß ihr Appetit auf Männer in quantitativer Hinsicht erheblich von dem ihrer Freundinnen abwich. Mit 13 war sie sicher. Da Nora weder auffallend schön noch mit überwältigender erotischer Ausstrahlung gesegnet war, unterlag sie denselben Gesetzen des Marktes wie alle unscheinbaren Mädchen. Und während ihr Angebot immer groß war, entsprach ihm die Nachfrage in keiner Weise.

Bei Noras Vater, der mit vergleichbarem Appetit ausgestattet war und dem Nora auch sonst sehr ähnelte, hatte der Mangel an Schönheit keinerlei nachteilige Wirkung. Noras Vater nämlich verströmte den Charme von Macht und Reichtum, den ihm seine große Kaufhauskette verlieh. Aufgebaut worden war dieses Imperium von Noras Großvater, dem sagenhaften Rip van Dam, der in den frühen Jahren dieses Jahrhunderts aus dem holländischen Delft nach Berlin gekommen war und während der Weltwirtschaftskrise 1929/30 eine Reihe richtiger Entscheidungen getroffen hatte. Noch lange nach seinem Tod hielten sich eigentümliche Anekdoten über diesen Patriarchen in Familien- wie Finanzkreisen. Durch Noras Erinnerung geisterte er als reservierter, weißhaariger Herr, der sie allerdings in unbeobachteten Momenten gern heftig in den Hintern kniff. Und anderes mehr. Seinen Angestellten war er als religiöser Eiferer und unfreundlicher, knickeriger Eigenbrötler erschienen. Niemand aber hatte je bestreiten können, daß er in all seinen Unternehmungen ein sehr erfolgreicher Geschäftsmann gewesen war. Sein Sohn dagegen, Noras Vater, hatte seinen speziellen Charme so heftig verströmen lassen, daß für Nora, als ihr Vater mit 54 Jahren seinem dritten Herzinfarkt erlag, weder Macht noch Reichtum übriggeblieben war.

Da Noras Mutter schon neun Jahre zuvor beschlossen hatte, über die beständigen Seitensprünge ihres Mannes nur noch hinwegsehen zu können, indem sie endgültig die Augen schloß, war Nora bereits mit 17 Jahren auf sich selbst gestellt gewesen. Sie wußte, daß es für ihre Berufswahl nur ein einziges Kriterium geben konnte: Welcher Arbeitsplatz würde ihr die meiste Macht über die größtmögliche Anzahl von Männern gewährleisten?

Nora war keineswegs eine Nymphomanin, das sei mit aller Deutlichkeit ausgesprochen. Beinahe jeden Geschlechtsverkehr empfand sie als sehr befriedigend, sogar die dilletantischeren Ausführungen. Sie hatte kein Bedürfnis nach Dosissteigerung; sie brauchte es nicht zunehmend häufiger, sie brauchte es täglich. Zweimal am Tag wäre schöner, aber Nora hatte gelernt, Kompromisse zu schließen. Ihr Bedarf hatte gesundheitliche Gründe: Nach drei Tagen ohne Geschlechtsverkehr verschlechterte sich der Zustand ihrer Haut rapide, nach vier Tagen hatte sie massive Verdauungsprobleme, vom fünften Tag an nächtliche Wadenkrämpfe, die einen gesunden Schlaf unmöglich machten. Schlimmeres hatte sie noch nicht erleben müssen. Im Laufe dieser fünf Tage wurden ihre sexuellen Phantasien nachgerade zur Last. Am fünften Tag konnte sie keinem Gespräch folgen, das länger als zwei Minuten dauerte.

Nora fand, daß sie zur Erhaltung von Gesundheit und Arbeitsfähigkeit Geschlechtsverkehr auf ärztliche Verordnung erhalten müßte. Sie hatte Visionen von Apotheken, in denen sie ihr Rezept (Vierteljahrespackung) der Apothekerin reichte, welche die entsprechenden Zahlen in den Computer eintippte und dann eine dieser langen Schubladen aufzog, in denen die Männer gelagert waren, keimfrei, sterilisiert und tiefgekühlt. Sie wurden in entsprechende Behälter gefüllt, und zu Hause nacheinander schonend aufgetaut.

Soweit die Träume. Die Realität war komplizierter.

Nachdem Nora die üblichen weiblichen Irrtümer auf der Suche nach Macht rechtzeitig zum Ende ihrer Pubertät ad acta gelegt hatte (Stewardeß, Hosteß, Filmstar), begann sie Orte aufzusuchen, an denen Männer gehäuft anzutreffen waren: Fußballstadien, Boxringe, Kasernen. Danach sah sie sich im Umfeld von Parteien und schlagenden Verbindungen um, beschloß aber endlich, Betriebswirtschaft, Jura und Informatik zu studieren. Denn gewisse Mindestanforderungen, so das Ergebnis ihrer Feldforschung, würde sie doch nicht unterschreiten wollen.

In ihrer Freizeit fuhr sie nun Ralleys und war gern gesehener Gast in Autowerkstätten und Tuning Shops. Bei einer Neuwagenbestellung kam es schließlich zu dem Ereignis, das Nora später als Schlüsselerlebnis bezeichnen würde. Etwas an der umständlichen Art, in der die Bestellung aufgenommen wurde – 120 PS, Drei-Wege-Katalysator, grüne Polster, versenkbare Antenne, verzinkter Auspuff – erinnerte sie an ihre Apothekenvision. In Sekundenschnelle erkannte Nora, wie diese Bestellung mit Datenfernübertragung zwischen Verkäufer, Hersteller und Zulieferern wesentlich effektiver gestaltet werden konnte. Sie mietete Datenleitungen von der Post, vernetzte einen großen Autohersteller mit seinen Außenstellen und weit über hundert Zulieferern. Da ihr eine Kostenersparnis von 18,37 Prozent gelang, schuf sie sich innerhalb von zwei Jahren ein blühendes Unternehmen. *Forbes* und das *Manager-Magazin* brachten eine Titelstory über Nora, die erfolgreichste Jungunternehmerin der 80er Jahre, und ihre Firma »Samper Computers« (Sales and Management per Computer). Die *Emma* lobte zwar ihren Erfolg, bemängelte aber die fehlende Frauensolidarität: Unter Noras 103 Mitarbeitern waren nur sechs Frauen – allerdings in leitenden Positionen. Als Erfolgsgeheimnis werteten alle, daß Nora nicht im Elfenbeinturm der Macht, sondern stets vor Ort war: bei den Arbeitern in den Produktionshallen, den

Technikern in den Werkstätten, den Software Engineers an den Computern.

Nach einigen erfolgreichen und glücklichen Jahren gönnte sich Nora einen längeren Urlaub in Irland. Keineswegs blind für die Bedrohung durch Aids, befand sich Nora stets auf der Suche nach neuen Ressourcen. Und Irland hatte den Reiz der Reinheit. Klöster voller Mönche schwebten Nora vor, Männer, die noch nie mit einer Frau geschlafen hatten, von 93 000 Junggesellen im Westen des Landes hatte sie gelesen.

Eine Woche tourte Nora im Range Rover durch die rauhe irische Landschaft, kehrte in speckigen kleinen Kneipen ein und übernachtete in Schloßhotels. Im Dubliner Shelbourne Hotel hatte Nora mit Hilfe eines kleinen Pagen etwas für die Pflege ihrer Haut tun können, aber das lag inzwischen vier Tage zurück. In einem Flecken im Westen, düster am Fuße eines Berges gelegen, betrat sie eines Abends während der Heiligen Messe leise die alte Dorfkirche. Als sie sich in eine der harten Bankreihen schob, rutschte ihr die Tasche von der Schulter und fiel mit einem lauten Knall, der im weiten Raum widerhallte, zu Boden. Schnell beugte sie sich herab und ergriff die Tasche. Beim Aufrichten blickte sie schuldbewußt zur Kanzel, und da traf sie der Blick des Paters, eines großen, weißhaarigen Mannes, der die Augen von der Bibel gehoben hatte und Nora hoch von der Kanzel streng und strafend maß. Außerdem traf sie – zum zweitenmal in ihrem Leben – schlagartig eine Erkenntnis: Diesen Mann wollte sie haben.

Nach drei Wochen hatten Noras Bemühungen Erfolg. Daß es erregend sein würde, diesen Mann aus seinem langen schwarzen Kleid zu zupfen, hatte Nora gewußt. Geistliche sind etwas besonderes. Speziell die katholischen, so hatte ihr eine Freundin berichtet, die sich dem Studium dieser Konfession hingegeben hatte. Natürlich fehlte ihnen Erfahrung, ganz zu schweigen von Raffinesse. Aber eine eigentümliche Mischung aus Schuldgefühl und Dankbarkeit schien sie zu großer Leistungsbereitschaft zu befähigen – so wenigstens hatte die Freundin es beschrieben.

Am Morgen danach kam Nora das Wort ›Gott‹ mit großer Heftigkeit über die Lippen. Sie stand im Bad, schaute in den Spiegel und sprach: »O Gott, womit habe ich das verdient?« Nora hatte immer befürchtet, daß sie sich einmal verlieben würde. Sie war 36, und in 24 Jahren ausgefüllten Sexuallebens war durchaus damit zu rechnen. Aber mußte es ausgerechnet ein 51jähriger katholischer irischer Pfarrer mit einer Phimose sein?

Zum ersten Mal hatte Nora mit einem Mann im Bett gelegen, ohne daß sie – biblisch gesprochen – einander erkannten. Pater Ian McDermott war wegen einer angeborenen Vorhautverengung außer Stande, den von beiden heftig ersehnten Akt des Erkennens zu vollziehen. Solch eine kleine Eigenheit wird normalerweise im Säuglingsalter durch eine winzige Operation behoben. Nicht so in Ians Familie. Nach sechs Töchtern hatten Moira und Kevin McDermott keinen sehnlicheren Wunsch gehabt als den nach einem Sohn. Moira fastete sieben Tage lang, während Kevin barfuß und auf Knien bis zur Spitze des Croagh Patrick, des heiligen irischen Berges, hinaufrobbte. Dabei flehte er abwechselnd um die Geburt eines Sohnes und die Vernichtung der Engländer durch die Deutschen – man schrieb den 27. Juli 1941.

Der Wunsch nach einem Sohn wurde ihm gewährt.

Als Moira die Phimose bemerkte, war sie überglücklich: Im Gebet hatte sie den ersehnten Sohn der Kirche versprochen. Jetzt sah sie in dem Zeichen, das Gott Ians kleinem Glied aufgedrückt hatte, eine Bestätigung dieser Abmachung. So blieb Ian unbeschnitten und wurde Priester. Bis zu seinem 52. Lebensjahr war er mit beiden Zuständen durchaus im reinen gewesen.

Natürlich sorgte Nora für Abhilfe: Eine Pilgerfahrt nach Rom mit Station in einem diskreten Krankenhaus in München war schnell arrangiert. Während Ian nun die Freuden der Fleischeslust entdeckte, baute sich Nora einen Bungalow auf einer einsamen Landzunge in der Nähe des Dorfes. Und abends, während der Berg dunkle Schatten über die Küste warf, eilte Ian auf immer neuen Schleichwegen zu Nora. Stundenlang unterhielten sie sich, meist über Theologie. Anfangs war Nora enttäuscht, aber als liebende Frau wußte sie, daß sie von einem Organ, das 51 Jahre vernachlässigt worden war, keine Höhenflüge erwarten durfte.

Tagsüber saß Nora – unter dem ständigen mißmutigen Gemurmel der Haushälterin – in der Pfarrei, sprach mit Ian über geistliche Probleme oder lauschte, wenn pickelige Jünglinge, die Nora mit begehrlichen Blicken streiften, im Nebenzimmer ihre quälende Seelenpein mit dem Pater erörterten. Natürlich wurde im Dorf getuschelt. Noras Stiftung zum Kauf zweier Glocken war zwar begierig angenommen worden, gebot dem Klatsch aber keinen Einhalt. Im Gegenteil. Nora begann sich zu sorgen: Würde das Gerede Ian schaden? Manche Nacht konnte sie nun nicht mehr schlafen.

Im Herbst bekam Nora eine Lungenentzündung. Ian, ohne die Hilfe seiner Haushälterin recht lebensuntüchtig, rang die Hände und betete. Da Nora immer noch schlecht schlief, erholte sie sich nur langsam. Im Frühjahr wurde ihr der allmähliche Niedergang ihrer Firma, die sie Ian zuliebe vernachlässigt hatte, bewußt, und sie erlitt einen Hörsturz. Weder der aus Deutschland herbeigerufene Hausarzt noch Noras Halbgeschwister verstanden, warum sie unbedingt in Irland bleiben wollte, noch dazu in jenem tristen Dorf.

Nach fast einem Jahr war Nora soweit, daß sie beruflich wieder Fuß fassen wollte. Sie versuchte, in Irland eine Tochterfirma von »Samper Computers« aufzubauen, aber natürlich wurde das der Mißerfolg, den alle vorausgesagt hatten.

Was dann schließlich die Ursache war, ob der berufliche Mißerfolg, die Eifersucht der Haushälterin, der Whiskey, das fette irische Essen, die Verdauungsprobleme oder der fehlende Schlaf, das weiß nur Gott allein: Jedenfalls bekam Nora mit 37 Jahren einen Herzinfarkt und starb.

Als Protestantin wurde sie in ungeweihter Erde bestattet. Wenn Touristen, was äußerst selten vorkam, sich auf den kleinen Friedhof am Abhang zum Meer verirrten und verwundert nach dem kolossalen, ungeschickt behauenen Grabstein fragten, auf dem – Noras Wunsch gehorchend – nur zwei Zeilen standen, dann erhielten sie von den Einheimischen keine Antwort.

R.I.P.
Nora

Leichenschmaus

»Dann werden Sie doch Leichenwäscherin!« brüllte ihr Therapeut in einem Anfall von Wut und Verzweiflung, den er sich für den Rest seines Lebens nicht verzeihen würde. Daß dieser Rest nur noch recht kurz sein würde, davon hatte er keine Ahnung. Er wähnte sich jung, gesund und vor allem sehr potent. Zur Zeit war er allerdings durch seine Klientin einigermaßen in Mitleidenschaft gezogen. Üblicherweise war das umgekehrt.

Über Monate hin hatte er sich anhören müssen, wie sehr sie es liebte, kalte, glatte, unbewegliche Körper zu berühren, zu streicheln, zu betasten. Körper, die sich nicht bewegten, nicht rochen, nicht schwitzten, Körper ohne Haare, ohne Falten, ohne eigenen Willen. Kein Parfum, kein Deo, keine Hautcreme. Vielleicht ein wenig feucht. Moderig. Aber gradlinig, berechenbar, bereit. Er begann, von diesen Körpern zu träumen. In seinen Träumen hatten sie kein Gesicht. Ja, sie hatten nicht einmal einen Kopf. Sie verfolgten ihn, meist in Horden, um ihn zu fangen und stumm unter sich zu begraben.

Mehr noch: in den letzten Wochen hatten sie angefangen, ihn auch tagsüber zu belästigen. Normalerweise ging er fünfmal in der Woche schwimmen, immer morgens von sieben bis sieben Uhr dreißig. Und zweimal in der Woche ging er in die Sauna. Diese langjährigen Gewohnheiten hatte er vor kurzem ihretwegen eingestellt. Er konnte es einfach nicht mehr ertragen, nackte Körper zu sehen, nicht einmal Teile von nackten Körpern.

Im Schwimmbad hatte es begonnen. Auf einmal sah er eine Gruppe von kopflosen Toten mit Schwimmflossen auf sich zukommen. Er wußte, daß das eine Täuschung sein mußte, daß ihn ein Trugbild in seinem eigenen Hirn narrte, denn um diese Zeit trainierte hier im Rahmen des Volkshochschulkurses »Gutes für den Rücken« stets eine Gruppe von Menschen mit Rückenbeschwerden. Das war immer so am Freitagmorgen. Und heute war Freitag. Er hämmerte es sich ins Hirn. Trotzdem gingen die Leichen im Wasser nicht weg. »Was hat es für einen Sinn, Leichen das Schwimmen beizubringen?« fragte er sich weiter, während er auf der Stelle Wasser trat. Natürlich wußte er die Antwort: keinen. Außerdem war ihm während dieser ganzen Zeit klar, daß die Vorstellung von Leichen mit Rückenschmerzen geradezu absurd war. Oder? Er hörte auf, Wasser zu treten und verließ das Schwimmbad. Irgendwie mochte er jetzt auch nicht mehr in diesem Wasser sein. Er ging nie wieder hin. In der Sauna befürchtete er, daß sie auftauchen und sich in dem engen, heißen Raum dicht neben ihn legen könnten. Also auch keine Sauna mehr.

Als er diese offensichtlichen Trugbilder später analysierte, mußte er zugeben, daß er keineswegs urlaubsreif war – vor einem Monat waren er und seine Frau nach drei Wochen köstlicher Ruhe auf der einsamen Mittelmeerinsel Gozo erholt zurückgekehrt. Auch konnte er sich nicht damit trösten, daß er möglicherweise besonders gestreßt wäre, denn seine Praxis war lange etabliert, er hatte eine effektive Sekretärin und einen begrenzten, aber vermögenden Klientinnenkreis.

Nachdem er beschlossen hatte, nicht mehr schwimmen zu gehen, und auch auf die Sauna verzichtete, glaubte er eine Weile, seine Probleme seien vorüber. Dann aber kam seine Frau eines Morgens nackt aus dem Bad und trug keinen Kopf auf den Schultern. Am selben Tag verlor er vollkommen die Kontrolle und schrie seine Klientin an, die es sich gerade auf seiner Couch gemütlich gemacht hatte und mit ihren unappetitlichen Geschichten fortfahren wollte.

Wenn er sie bloß nie wiedersehen müßte. Möge sie unter

ein Auto kommen, vom Hochhaus fallen, vom Blitz erschlagen werden. Dabei war er anfangs richtig scharf auf sie gewesen, gleich beim ersten Mal, als sie seine Praxis betreten hatte. Sie war eine ausgesprochen reizvolle Frau mit hinreißend üppiger Figur, die sie in ein ziemlich knappes Kostüm gepackt hatte. Natürlich war es in erster Linie ihre leicht devote Ausstrahlung gewesen, die ihn angesprochen hatte. »Eine entwicklungsfähige Masochistin«, hatte er gedacht, als sie ihm gegenüber auf der Vorderkante des Stuhls an seinem Schreibtisch saß, die Handtasche auf dem Schoß, die Hände wiederum auf dieser ruhend. Ihr Blick irrte durch den Raum, während sie berichtete, daß sie Schwierigkeiten mit ihren Träumen hätte. Seinem Blick hatte sie keinen Augenblick standhalten können. Außerdem nahm er eine Diskrepanz zwischen ihrer inneren Verfassung und der äußeren Erscheinung wahr, die ihn zu den schönsten Hoffnungen berechtigte. Mit der Enge ihres Kostüms versuchte sie sich Halt zu geben. Man brauchte ihr nur das Kostüm wegzunehmen, schon würde alles in sich zusammensacken. Mit Sicherheit hatte sie sexuelle Probleme, vielleicht war sie frigide? – man würde sehen. Möglicherweise lag eine frühe Störung vor, vielleicht sexueller Mißbrauch. Auf ihre inzestuösen Phantasien war er vom ersten Tag an gespannt. Auf die Übertragungen auch. Angenehm aggressionsgehemmt war sie außerdem. Also war nicht viel Widerstand zu erwarten.

Gleich beim Vorgespräch hatte er sie aufgefordert, sich auf die Couch zu legen. Sie kannte diese Situation nur aus Filmen und war entsprechend unsicher. Sollte sie die Schuhe ausziehen oder nicht? Er nahm ihren fragenden Blick wahr. Aber sie stellte keine Frage, und er half ihr nicht. Als sie dann lag – ohne Schuhe –, waren ihre zierlichen Zehen mit den sorgfältig bemalten Nägeln von einer niedlichen Unruhe, und er beobachtete sie vergnügt aus seiner sicheren Position hinter ihrem Rücken. Nachdem er ihren Lebenslauf erfragt hatte, ließ er sie frei assoziieren und lenkte ihre Phantasien dabei auf seine Person. So war er immer – bis auf ganz wenige Ausnahmen – zum Erfolg gekommen. Bei Frauen, die ihn interessierten. Und sie war interessant.

Beim nächsten Termin forderte er sie auf, es sich doch bequem zu machen. Es sei wichtig, daß sie sich entspanne, und dabei sei die enge Kostümjacke sehr hinderlich. Unter der Jacke trug sie nur ein seidenes Spitzentop und keinen BH. Wie schön. Erregt beobachtete er, wie ihre Brüste sich entspannt ausbreiteten und je nach Gewichtsverlagerung ein wenig nach rechts oder links sackten. Natürlich war sie jetzt noch weniger entspannt als vorher, da sie ebenfalls mit den Bewegungen ihrer Brust beschäftigt war. Daraufhin forderte er sie auf, ihren Rock etwas zu öffnen, weil er sie doch gar zu sehr in der Taille einschnüre. Sie zog den Reißverschluß an der linken Seite ein wenig auf, und dabei sah er, daß das Seidentop unter der Achsel schon ziemlich feucht war. Sie war sehr aufgeregt. Na, prima. Er hatte eine Erektion. Von seinem Sessel aus schaute er genau zwischen ihre Brüste, beobachtete, wie sie sich hoben und senkten. Auch ihr Bauch hob und senkte sich recht schnell. Ihr Rock war so eng, daß die Strapse ihres Strumpfhalters durchdrückten. Sie trug keine Strumpfhose. Wunderbar. Er stellte sich vor, wie sie auf seiner Couch lag, nur mit der engen Kostümjacke, Strapsen, Seidenstrümpfen und hochhackigen Schuhen. Kein BH, kein Slip. »Rette mich«, würde sie flehen, »rette mich!« Er liebte seinen Job. Besser als jede Peepshow.

»Erzählen Sie mir von Ihren Träumen«, forderte er sie auf und legte jenes Timbre in seine Stimme, von dem seine Freundinnen träumten. Daß sie das taten, wußte er genau, denn sie mußten ihm ja über ihre Träume Bericht erstatten. Und dann kam es: »Da sind diese Leichen«, sagte sie zögernd und verstummte. »Leichen?« half er nach einer Weile, »erzählen Sie weiter.« – »Wasserleichen«, sagte sie, »aufgedunsen. Oder Erhängte, Erdrosselte, keinen Erschossenen, komisch, nie sind sie erschossen.« – »Und was ist mit denen?« fragte er etwas unwirsch, denn sie hatte seine Phantasien zerstört. Er machte einen neuen Ansatz, in dem er sich vorstellte, auf der anderen Seite der Couch zu sitzen und gerade unter ihren Rock zu schauen. Natürlich dürfte sie keinen Slip tragen.

»Sie liegen neben mir im Bett«, erwiderte sie. »Und Sie haben Angst?« legte er ihr nahe. »Nein, überhaupt nicht«, sie war fast entrüstet, »ich liebe es. Sie sind so glatt und kühl und willig. Sie sind wundervoll. Ein bißchen schleimig. Alles Leben ist fort, und ich kann mit ihnen machen, was ich will.« Seine Peepshow konnte er wohl für heute vergessen. Er richtete sich im Sessel auf und fragte nach ihrem Vater. Der war schon lange tot. Aha. Sie hatte ihn gehaßt? Nein, überhaupt nicht, inniglich geliebt hatte sie ihn. Noch auf dem Totenbett. Noch danach. Sie hatte sich jahrelang nicht von ihm trennen können. Auch von der Mutter nicht.

»Inzestuöse Elternbindung«, konstatierte er bei sich. Kann sich auch Jahre nach dem Tod der Eltern innerlich nicht von ihnen lösen. Doch ihre nächsten Worte machten ihm seinem Irrtum klar. »Mama mußte ich dann aus Platzgründen doch beerdigen, aber Papa liegt immer noch in der Kühltruhe.« Damit waren die 45 Minuten um, und sie verabschiedete sich bis zur nächsten Woche.

Eigentlich hatte er diesen Abend mit einer früheren Klientin in seinem Stadtappartement verbringen wollen, aber irgendwie war ihm die Lust auf die geplanten Fesselspiele vergangen. So fuhr er nach Hause, legte sich neben seine Frau ins Bett und dachte über die neue Klientin nach. War sie verrückt? Vielleicht. Machte sie sich über ihn lustig? Unwahrscheinlich. Hatte sie wirklich ihren Papa in der Kühltruhe? Möglich.

Seine Frau war ein wenig verwundert, daß er so früh zu

Hause auftauchte, aber sie hatte sich abgewöhnt, Fragen zu stellen.

Im Laufe der Woche kehrte sein alter Kampfgeist zurück. Das wollte er doch mal sehen, wer hier der Stärkere war! Als sie wiederkam, war er etwas barsch. Ruppig informierte er sie, daß sie erhebliche Probleme hätte. Ergeben gestand sie es ein und begann zu weinen. Sie trug heute einen weiten, fast durchsichtigen Rock aus mehreren Schichten schwarzer Seide und Spitze. Als sie auf der Couch lag, stellte sie die ausgestreckten Beine auf, und die Knie fielen etwas auseinander. Sie hatte sich heute weniger unter Kontrolle. Er setzte ein wenig nach, bis sie heftig schluchzte und wurde sogleich belohnt: Sie beugte sich zu ihrer Handtasche herunter, dabei rutschte ihr die rechte Brust aus dem Top. Sie bemerkte es noch nicht einmal, als sie wieder auf dem Rücken lag und sich die Nase schneuzte. Ihre kleine helle Brustwarze hatte sich am Spitzenrand des Seidentops verhakt. Er setzte sich bequemer hin, um seiner Erektion ausreichend Platz zu schaffen. Dann schob er die Hand in die Tasche und begann sanft zu onanieren.

Als sie sich fast beruhigt hatte, fragte er sie wieder ein wenig tiefer in ihre Traurigkeit hinein, so daß sie von neuem schluchzen mußte. Dabei rutschte ihr der Rock fast bis zum Ansatz der Oberschenkel zurück. Auch heute trug sie Strapse. »Nun«, sagte er, um sie väterlich ein wenig zu beruhigen, »gemeinsam werden wir den Leichen schon Einhalt gebieten.« Sie war bestürzt: »Aber das will ich doch gar nicht!« Sie fuhr herum, und er zog die Hand aus der Tasche. »Sie müssen sich wieder hinlegen«, ordnete er an. Sie streckte sich aus, und dann berichtete sie in ziemlich deutlichen Worten, daß ihr Problem das der richtigen Temperatur sei. Direkt aus der Tiefkühltruhe kommend sei Papa einfach zu kalt, aber allzu lange könne sie ihn eben auch nicht antauen. Wie solle sie dieses Problem bloß lösen? Dann mußte sie wieder weinen. Seine Erektion konnte er vergessen.

In den nächsten Wochen spielte es sich ein, daß er nach den Therapiestunden mit seiner kleinen Morbiden, wie er sie bei sich nannte, stets direkt nach Hause fuhr. Eine seiner Freundinnen, denen er sich nach einem strengen Wochenplan zuteilte, ging nun leer aus. Im zweiten Monat dehnte sich sein Tief auch noch auf den nächsten Abend nach diesen speziellen Therapiestunden aus. Sie hatte ihm inzwischen berichtet, daß sie gern Friedhöfe und Kapellen besuchte. Von ihr hatte er erfahren, daß es manchmal einen ganzen Tag und eine Nacht dauerte, bis ein ins Grab hinabgelassener Sarg zugeschüttet wurde. Zeit genug. Während sie ihm diese Mitteilung machte, bewegte sie sich heftig, und er sah, daß sie tatsächlich keine Unterwäsche trug. Sein Schwanz wußte inzwischen nicht mehr, ob er weinen oder lachen sollte.

Mehrmals hatte er inzwischen beim Rendezvous mit einer seiner Geliebten versagt. Alles war gewesen wie immer, sie lagen auf dem Bett, Arme und Beine an die Messingpfosten gefesselt, die sie selbst vorher eifrig poliert hatten. Sie bettelten: »Rette mich, rette mich.« Und er kriegte einfach keinen hoch. Es war zum Heulen. Er konnte keine nackten Körper mehr sehen, nicht einmal die seiner Geliebten.

Spätestens jetzt hätte er sie an einen anderen Therapeuten verweisen müssen, das wußte er genau. Ihm schwebte da auch jemand vor, einer, der ihm vor einiger Zeit eine Klientin weggeschnappt hatte. Mit seiner kleiner Morbiden könnte er sich rächen. Aber er wollte auch nicht versagen. Und dann war da noch der berufliche Ehrgeiz: Nekrophile waren nicht gerade dicht gesät, und in der gesamten Fachliteratur gab es bisher nur eine einzige Frau. Er konnte sich mit ihr wirklich einen Namen machen. Wenn seine Nerven durchhielten. Daß er sie an der Leine hatte, dessen war er sich ganz sicher. Wo sonst konnte sie so offen von ihrer Liebhaberei schwärmen? Allerdings hielt er sie immer etwas in Angst, zum Beispiel hatte er ihr bisher noch nicht erzählt, daß Nekrophilie in

Deutschland kein strafbares Delikt ist. Schließlich sollte sie nicht übermütig werden.

Inzwischen schlief er keine Nacht mehr durch. Morgens erzählte ihm seine Frau stets, wie verzweifelt er um sein Leben geschrien hatte. Er magerte ab und konnte seine Praxisarbeit nur noch notdürftig erledigen. Als ihre Leichen ihn dann aber nicht nur im Traum, sondern sogar in der Wirklichkeit verfolgten, waren seine Grenzen endgültig erreicht. Der Rest ist schnell erzählt: Psychisch haben Psychiater nicht die stabilste Kondition, das weiß man ja.

Am Tag nach seiner Beerdigung saß eine Gruppe äußerst attraktiver junger Frauen zu Hause bei seiner Witwe. Alle waren schwarz gekleidet. Alle waren sehr vergnügt. Eine von ihnen war die ›kleine Morbide‹, über die der Verblichene hatte publizieren wollen. Leider konnte er seine Arbeit nun nicht mehr beenden. Auf dem Tisch stand eine Magnumflasche Veuve Cliquot, und obwohl es erst elf Uhr am Morgen war, zeigte die Heiterkeit der Runde, daß der Champagner seine Wirkung getan hatte. »Der Tip war einfach toll von dir, Martha«, sagte die kleine Morbide zur Witwe, und ihre Stimme schleppte schon ein wenig. »Sex und Leichen zu kombinieren, darauf wäre ich nie gekommen. Es hat teuflischen Spaß gemacht. Einmal mußte er sogar rauslaufen und sich übergeben.« Martha lächelte: »Ich kannte ihn schließlich lange genug und wußte von seiner neurotischen Angst, lebendig begraben zu werden. Wenn man das mit seinem Sextrieb koppelt, das mußte einfach tödlich sein. Aber du hast es auch hinreißend umgesetzt, meine Liebe. Du hast deine Schwester wirklich gerächt. Aber auch ihr anderen wart fabelhaft. Wenn ich an die Show im Schwimmbad denke, diese verrückten Kostüme ohne Kopf. Und dann hättet ihr mal sehen sollen, wie er guckte, als ich aus dem Bad kam und das Kopf-ab-Kostüm anhatte. Er war schon so verstört, er sah gar nicht, daß es nur ein Faschingskostüm war.« Dann wurde sie aber doch noch traurig und fügte hinzu: »Eigentlich hat mein Brief Mirandas Selbstmord ja erst ausgelöst, und ich fühle mich immer noch schuldig.« Aber die anderen bemühten sich, ihr diese Schuldgefühle zu nehmen. »Schau, Martha«, sagte eine ernst, »du hast uns damals durch deinen Brief erst zusammengebracht. Ohne dich wären wir vielleicht alle verloren gewesen, ewig an ihn gekettet wie Miranda. Sie hatte einfach keine Kraft mehr, um sich von ihm zu befreien.« Dann wollten alle noch einmal den Inhalt des Briefes hören, und so kramte Martha ihn aus ihrer Handtasche und las vor:

Sehr geehrte Miranda,
ich glaube, ich darf Sie mit Ihrem Vornamen anreden, da wir so viel gemeinsam haben. Ich danke Ihnen für die Zusendung der Liebesbriefe meines Mannes an Sie. Ich habe sie mit großem Interesse gelesen und möchte zwei Dutzend Exemplare bestellen. Eines in Leder gebunden, der Rest in Pappe. Anbei finden Sie seine Liebesbriefe an mich, aus der Frühzeit unserer Beziehung. Allzu sehr hat er sich nicht weiterentwickelt, oder was meinen Sie? Zu Ihrer Information: das in Leder gebundene Exemplar möchte ich gern in meinen eigenen Bestand aufnehmen, die anderen sende ich weiter an 23 seiner Klientinnen, die sich genau wie Sie für die einzige wahre Liebe seines Lebens halten und ihn erretten wollen. Auch diese Damen haben sich mit einem ähnlichen Ansinnen wie Sie an mich gewandt. Seien Sie froh, wenn ich nicht darauf eingehe. Sie können ihm nicht helfen. Helfen Sie sich selbst. Glauben Sie mir, es ist kein Vergnügen, mit Ihrem Therapeuten verheiratet zu sein. Er hat ja alles schon hinter sich. Früher war ich genauso eifersüchtig wie Sie, habe ihn verfolgt und bei seinen Abenteuern beobachtet. Einmal saß ich sogar verkleidet im selben Zugabteil, in dem er ältere Frauen zu exzentrischen Fußspielen verführte.

Liebe Miranda, ich bin gern bereit, Ihnen die Adressen der anderen 23 Damen zugänglich zu machen, und könnte mir vorstellen, daß Sie vielleicht eine kleine Selbsthilfegruppe gründen möchten.

Ich werde beitreten.

Mit freundlichen Grüßen,

Ihre Martha Everstorff.

Als sie geendet hatte, schaute sie in die Runde und sagte: »Er wollte ja unbedingt eingeäschert werden. Aber ich habe mich dann doch für eine ganz normale Erdbestattung entschieden. Wer will, kann heute Nacht noch mal testen, ob er wirklich tot ist.« Aber keine hatte Lust.

Die Bestie

Vivienne war der Shooting Star der Hamburger Presseszene und auf dem besten Wege, zur Chefredakteurin jenes neuen Frauenmagazins zu avancieren, über das zur Zeit alle sprachen, obwohl bislang kaum jemand die Nullnummer gesehen hatte. Zielgruppe von *La Bête – Die Bestie* sollte die sexuell aktive Karrierefrau sein, die Frau, die sich nimmt, was sie will: die besten Jobs, das meiste Geld, die attraktivsten Männer. Vor allem aber – und dies war für Verlag und Anzeigenabteilung natürlich gleichermaßen das überzeugendste Argument zur erfolgreichen Einführung des neuen Produktes gewesen – die teuersten Parfums, Modellkleider von Armani, Lagerfeld, Chloe, Cartier-Uhren, Seidendessous, Sportwagen, exlusiven Champagner und die effektivste Faltencreme.

Der Titel *La Bête* war für 1,7 Millionen Dollar vom neuseeländischen Urheber des Namens gekauft worden, der dieses Produkt schon erfolgreich in Kanada, Frankreich, Spanien und den USA auf den Markt geworfen hatte. Die Copytests liefen noch, und die Herren in der Verlagsleitung waren sich über die Titelgestaltung noch ein wenig uneinig, vor allem bezweifelten sie, daß die Frauen ihrer Zielgruppe fähig waren, das französische Fremdwort zu begreifen. Deshalb wurde beschlossen, dem Titel – quasi als Verständnishilfe – die deutsche Übersetzung beizugeben, obwohl eine derartige Verdoppelung natürlich unschön war und das Lesen von vier Wörtern – die beiden Artikel kämen ja auch noch hinzu – eventuell die Aufmerksamkeitsspanne der Leserinnen derart überschreiten könnte, daß sie in dieser Verfassung nicht mehr in der Lage wären, den Titel positiv zu besetzen und eine Ich-Identifikation vorzunehmen.

Ein weiterer Punkt, der den Herren an der Konzernspitze auf Anregung der Marketing-Abteilung hin bedenklich erschien, war die Tatsache, daß die Tests des renommierten Düsseldorfer Marktforschungsinstituts bei der potentiellen Leserschaft der Unter-Sechzehnjährigen relativ geringe Werte erbrachten. Ein etwas vorlauter Trainee, eine junge promovierte Juristin und Germanistin mit schimmernden hüftlangen schwarzen Haaren und Elfenbeinteint, warf an dieser Stelle zwar ein, daß die Anzahl der reichen Karrierefrauen in der Gruppe der Unter-Sechzehnjährigen sowieso relativ gering sein dürfte, fing sich damit aber nur die Mißbilligung der Herren ein und den Hinweis, man müsse schließlich auch an die Zukunft denken, was Frauen – wie dem Trainee –, die eben nicht Jahrtausende hindurch für das wirtschaftliche Überleben der Familie verantwortlich gewesen seien, erfahrungsgemäß schwerfalle. Dann bot jemand dem Trainee noch eine Übersetzung dieser Äußerung an: Sie könne doch nicht wollen, daß das Blatt zusammen mit seiner Leserin überaltere und sterbe. Währenddessen betrachteten die Herren den Trainee und dachten: Hübsch ist sie ja.

Zum Themenkreis des Blattes würde man noch kurz kommen wollen, wenn die Anzeigen gesichert seien. Man war sich einig, daß es keine großen Meinungsverschiedenheiten geben könnte, da die Herren ja wüßten, was Frauen interessiere, hatten sie doch alle selbst eine zu Hause.

Die Frau, der man *La Bête* in den Schoß legen wollte, war Vivienne. Vivienne, der Shooting Star und Trendsetter. Vivienne, die dem Trend so weit voraus war, daß sie Sushi schon wieder aus ihrer *In*-Liste akzeptabler Speisen gestrichen hatte, bevor japanische Restaurants überhaupt in Mode kamen. Die schon Mitte der 80er Jahre ihre Haare in einem pinselartigen Schwanz asymetrisch nach links oben vom Kopf abstehend trug – ein Trend, den 1989/90 ganz München aufgriff und der von dort Richtung Norden weiterwanderte. Vivienne *war* der Trend. Wer Michelle Pfeiffer sah, fühlte sich an Vivienne erinnert. Nie umgekehrt. Aber Vivienne besaß auch die kindliche Ausstrahlung einer Kate Moss, mit der sich das Parfum »Obsession« bekanntlich ganz hervorragend verkaufen ließ. Vivienne, da war sich der Vorstand einig, Vivienne würde man auf das neue Flaggschiff des Verlages stellen. Die Richtung stand ohnehin fest. Und was sollte mit so einer Gallionsfigur schon schiefgehen?

Ein gewisser Hang zu exzentrischen Äußerungen und Auftritten, der Vivienne kennzeichnete, würde dem Hochglanzmagazin in der Einführungsphase durchaus nützlich sein und ein flächendeckendes Pressecoverage gewährleisten. Später würde man ihr das schon wieder abgewöhnen. Sie war jung genug, um angemessen dankbar zu sein für diese Position, die sie an eine sehr luftige Spitze hob und so dem Neid der Konkurrentinnen in der eigenen Redaktion in einer Weise preisgab, die den stets befürchteten Solidarisierungen unter Frauen von vornherein einen Riegel vorschob.

Da Vivienne aus einer großen Familie kam, in der es wenig Essen und viele Kinder gegeben hatte, hatte sie sich im wahrsten Sinne des Wortes durchbeißen müssen. Jetzt hatte sie Biß. Sie war zu einer Macherin geworden, tatkräftig, aktiv, aggressiv. Wenn es in Redaktionskonferenzen um die heißeste Reportage ging, um etwas, das jeder machen wollte, oder um den freiwerdenden Ressortleiterstuhl und später um den Posten als stellvertretende Chefredakteurin – Vivienne brauchte sich nur einen dampfenden Suppentopf mit Fettaugen, Brühkartoffeln und Bauchspeck vorzustellen, dann fiel ihr mit tödlicher Sicherheit die richtige Strategie ein, um zu kriegen, was sie wollte.

Eine Schlappe allerdings hatte sie einstecken müssen, als sie sich in der Bedeutung journalistischer Auszeichnungen verschätzte und den renommierten Egon-Erwin-Kisch-Preis errang. Da den alle wollten, mußte auch Vivienne einen haben. Als sie ihn aber bekam, entzog der Ressortleiter ihr seine Gunst. Er hatte sich bei Vivienne stets über seine Überlastung durch Verwaltung und Organisation ausgejammert, eine Situation, die er nur ertrüge, damit sein Ressort sich entfalten könnte, die es ihm aber leider unmöglich machte, mit den Produkten seiner Edelfeder, über die sich selbst Henri Nannen wiederholt lobend ausgesprochen hätte, dem Blatt die Qualität wiederzugeben, die es früher einmal gehabt hätte. Ein halbes Jahr nach der Verleihung des Kisch-Preises wurde Vivienne gekündigt – mit der mündlichen Begründung, sie könne nicht schreiben und würde es wohl auch niemals lernen.

Vivienne, die daraus lernte, daß sich Macht wohl erreden, aber nie erschreiben läßt, wurde Ressortleiterin im Konkurrenzblatt, dann stellvertretende Chefredakteurin, dann kündigte sie, um ein unbekanntes Szeneblättchen zum heißesten Zeitgeistmagazin der Republik hochzupushen. Ein Zeitgeistmagazin, das nach einem halben Jahr schwarze Zahlen schrieb und nach einem Jahr eine halbe Million verkaufter Exemplare überschritten hatte. Ihr Verleger, dem sie zu Anfang die Hälfte der Anteile am Blatt abgekauft hatte, liebte sie dennoch, denn durch sie war er reich geworden. In der Redaktion, die sich in dem einem Jahr, in dem sich das Arbeitsaufkommen vervierfacht hatte, verdoppelte, hieß sie »Miss Twenty Seconds«. »Sobald *Shoot!* am Kiosk liegt, muß alle 20 Sekunden ein Heft gekauft werden«, hatte sie gesagt und ihre Redakteure mit Stoppuhren losgeschickt, um das zu überprüfen.

Von nun an war sie der Liebling der Talkshows. In einer davon ließ sich der Altmeister der Literaturkritik tatsächlich dazu hinreißen, seinem Entzücken durch einen Kniefall Ausdruck zu geben, aus dem er sich unglücklicherweise ohne fremde Hilfe nicht wieder erheben konnte. Da man annahm, jede seiner Positionen entspringe einer gewissen Absicht, kam lange niemand auf die Idee, ihm zu Hilfe zu eilen, und so unterhielten sich die beiden – sie oben, er unten – über das neue Buch von Karin Struck, die der Altmeister »unfruchtbare Primel« titulierte, wobei er eine starke Betonung auf die zweite Silbe »-mel« legte, das Gleichgewicht verlor und langsam zur Seite sank.

Auf den Geschmack gekommen, übernahm Vivienne von einer Moderatorin, mit der sie sich während eines Live-Interviews zum Thema § 218 angefreundet hatte, dann schließlich selbst eine Talkshow, als die Moderatorin wegen einer Hysterektomie im Krankenhaus lag, und riß die Einschaltquoten von mageren 3,7 Prozent auf 16 Prozent hoch, worauf sie einen Sendeplatz am Samstagabend erhielt. Und einen männlichen Assistenten. Und Einschaltquoten von 31,7 Prozent. Sie strebte 40 Prozent an. Von nun an hieß sie »Miss Forty Percent«.

Vivienne hatte alles. Nein, mehr als alles. Sie besaß Jugend, Intelligenz, blonde Locken, große, dunkle Mandelaugen, ein rundes Kindergesicht von geradezu botticellihafter Zartheit und ein männliches Geschlechtsteil zwischen ihren bildschönen Beinen, die gerade jenes zauberhafte bißchen zu mollig waren, daß es ihnen gelang, oberhalb beider Knie Grübchen zu bilden. Vivienne war sich der Wirkung dieser Grübchen bewußt und achtete sorgsam darauf, daß sie stets unter ihrem Stretchrock hervorlugten.

In jenem berühmten Talkshow-Auftritt Jahre später von einer bewundernden jungen Moderatorin nach dem Geheimnis ihrer Karriere gefragt, erläuterte Vivienne, es habe sich um eine Kombination aus Kompetenz, Konzentration und Blow Jobs gehandelt. Während sie sich lächelnd zurücklehnte, bekam die Moderatorin einen derart hartnäckigen Schluckauf, daß es ihr unmöglich wurde, das Gespräch fortzusetzen. Eine jüngere Kollegin, die schon lange auf diese Gelegenheit gewartet hatte, übernahm und befragte Vivienne eifrig nach Lieblingsfarben und Lieblingstieren. Der Schluckauf aber hielt noch zwei Tage an.

Was Vivienne bei aller Offenheit stets verschwieg, war die Tatsache, daß die Herren, denen sie in jener Weise zu Gefallen gewesen war, weder geneigt noch gelenkig genug waren, diese Gunst zu erwidern, so daß ihr kleines Geheimnis stets unentdeckt blieb.

Auch Vivienne selbst war das Außergewöhnliche ihrer Anatomie erst mit 15 Jahren einigermaßen bewußt geworden. Sie führte es auf einen frühen Fehler im ordnungsgemäßen Sortieren zurück, der allerdings in ihrer Familie – vier Betten für drei Erwachsene und zwölf Kinder unterschiedlichen Geschlechts – durchaus vorgekommen sein konnte. Dann vergaß sie es. Ihre Brüste entwickelten sich normal, Krankenhausaufenthalte und Arztbesuche waren nie erforderlich gewesen. Das wöchentliche Bad in der großen Zinkwanne fand ebenfalls in einem derartigen Gewimmel statt, daß der Versuch, festzustellen, was zu wem gehörte, sich stets als vergebliche Liebesmühe erwies. Später, als sie eine eigene Wohnung mit eigener Badewanne besaß, traten für kurze Zeit leichte Irritationen auf, die sich aber durch den Zusatz von Viviennes Lieblingsschaumbad von Nina Ricci schnell zerstreuen ließen. Außerdem duschte sie sowieso lieber, und da gab es – mit Haarshampoo von Christian Dior in den Augen – nicht viel zu sehen. Als Vivienne erwachsen war, hatte sie ihre Technik der selektiven Wahrnehmung derart perfektioniert, daß sie sich nackt vor den Spiegel stellen konnte und eine vollkommene weibliche Figur sah. Außerdem qualifizierte sie diese spezielle Fähigkeit natürlich hervorragend für den angestrebten Beruf im Bereich moderner Medien.

Daß Vivienne eine Frau war, stand außer Zweifel. Für jedermann. Natürlich auch für Vivienne selbst. Nicht einmal jener Abend zu Beginn ihrer journalistischen Laufbahn, den sie mit einer Selbsthilfegruppe Transsexueller verbrachte, ließ die kleinste Unsicherheit in ihr aufkommen. Verwundert hatte sie diese Frauen betrachtet, die behaupteten, sie seien eigentlich Männer, und die Männer, die darunter litten, daß sie im falschen Körper steckten. Mit einigen hatte sie ein wenig Mitleid gehabt, denn sie hockten wirklich allzu unglücklich in ihrer gegengeschlechtlichen Kleidung: Dunkler Bartschatten, tiefe Stimme und Faltenröckchen, das war tatsächlich eine fatale Kombination und irritierte Viviennes ästhetisches Empfinden stark. Im Gegensatz zu diesen Menschen litt Vivienne unter gar nichts, sie war mit sich und der Welt vollkommen im Reinen.

Und so blieb es auch in den nächsten Jahren, während derer sie zum Liebling der Medien wurde. Alle waren fasziniert von ihr. Kaum erschien sie als Gast in einer Talkshow, schon dichtete man ihr ein Techtelmechtel mit dem Talkmaster an. Als besonders dauerhaft, aber vollkommen unbegründet, erwies sich das Gerücht einer heimlichen Verlobung mit Harald Schmidt. Vivienne war erfreut. Über alles. Sogar darüber, daß die *Bild*-Zeitung sie nach Monaco verheiraten und Trendforscher Gerken in ihr die Frau der Zukunft, das Weib par excellence, erkannt haben wollte.

Kurz vor dem Start von *La Bête – Die Bestie* flog der größte Teil der Führungscrew nach Madeira. Zu einem Kick-off-meeting, wie es so schön doppeldeutig in der im Niedergang begriffenen Computer-Industrie hieß, aus der die immer noch expandierende Medien-Industrie gern den einen oder anderen Trend-Begriff entlehnte. Man wohnte in Reid's Hotel und ließ es sich für ein verlängertes Wochenende gutgehen. Trendforscher Gerken, Nina Hagen, Chansonette Georgette Dee und einige weitere Gäste sollten Impulse für die Zukunft geben. Am ersten Abend konnte Vivienne leider nicht widerstehen und verführte einen der hübschen Kellner des Hotels. Sie hatte sich an diesem Tag besonders schön und erfolgreich gefühlt, und das mußte gefeiert werden. Leider war der Knabe eben doch kein Mann von Welt: Gegen Mitternacht schoß er aus Viviennes Suite und kreischte: »Sie ist ein Kerl. Mein Gott, sie ist ein Kerl.«

Und hier nun zeigte es sich, daß das Märchen von des Kaisers neuen Kleidern im modernen Leben jeglicher Grundlage entbehrte. Heutzutage nämlich könnte sich der kleine Junge die Seele aus dem Leib schreien mit seinem albernen »Der Kaiser hat ja gar nichts an!« Wer würde ihm schon zuhören? Und so war das einzige, was der indiskrete Kellner mit seinem Gekreische erreichte, seine Entlassung.

Nach dieser kleinen Aufregung konnte man eigentlich nicht mehr damit rechnen, daß sich Vivienne ausgerechnet am selben Wochenende unsterblich verlieben würde. Doch genau das geschah – und zwar in einen der geladenen Gäste. Aus Diskretion soll der Name hier verschwiegen werden. Es wurde eine ungeahnt leidenschaftliche Begegnung, die heftig wie eine Naturgewalt über die beiden herfiel, so daß es sich als relativ belanglos erwies, was wo aus wem herausragte und wer was wie wo in wen hineinsteckte. Nun hatte Vivienne wirklich alle Trümpfe in der Hand. Die Verbindung erwies sich als dauerhaft und brachte in den nächsten Jahren eine gewisse Ruhe in Viviennes Leben – der Verlag wußte dies durchaus zu schätzen.

Fünf Jahre später unternahm eine frühere Sekretärin von Vivienne, die so dies und das beobachtet hatte, einen massiven Erpressungsversuch und drohte, gewisse Informationen über Vivienne an die Konkurrenz weiterzugeben. Sie wurde schnell mit einem höheren, eigens für sie geschaffenen Posten des Verlages zum Verstummen gebracht. Im Prinzip war das unnötig, denn auch die Herren der Konkurrenz waren durch erotische Gerüchte in einem Maß mit Vivienne verbunden, daß jegliche Veröffentlichung derartiger Indiskretionen für sie von vornherein indiskutabel war. Und Viviennes Freund, inzwischen ihr Ehemann, sprach zu der illoyalen Sekretärin noch die eindrucksvollen Worte: »Ich bin mit dieser Frau fünf Jahre zusammen. Sie wird durch diese Kleinigkeit für mich nicht zum Mann.« Dann herrschte wieder Schweigen über das Thema.

So wurde die heißeste News der 90er Jahre niemals gedruckt und blieb bis heute ein Geheimnis. Eines der großen Geheimnisse der Presse, von denen alle Medienleute wissen, die aber bei uns – anders als in England – niemals in den Zeitungen zu lesen sind. Wie die Homosexualität des verheirateten Politikers und dreifachen Vaters, dessen Abstürze in den Schwulenbars immer wieder vertuscht werden; und die Alkoholexzesse der Baronesse, die sie mit Vorliebe ins Ludenmilieu verlegt; wie die Lust der millionenschweren Society-Dame, kleine Jungen zu mieten und durchzuprügeln; und der Zwang des Würdenträgers, beim evangelischen Kirchentag unbekleidet und jauchzend durch die Küchen zu hüpfen, um das ohnehin gestreßte Personal zu erschrecken.

Genauso hielten die Herren der Presse jetzt auch in Viviennes Fall zusammen – hatten sie doch selbst viel zuviel zu verlieren. Daher drang Viviennes kleine Absonderlichkeit nie ans Licht der Öffentlichkeit, und so präsentiert sie, kürzlich von einem Männermagazin zur attraktivsten Karrierefrau der 90er Jahre gekürt, auch heute noch erfolgreich ihr Blatt *La Bête – Die Bestie.*

FINALE

Das Arrangement

Das Arrangement, das Laura und Hannes beim Dinner beschrieben, war so außergewöhnlich, daß keiner von uns wußte, wie er reagieren sollte. So taten wir erst einmal gar nichts, sondern saßen während des Hauptganges, des Desserts, beim Mokka und selbst noch beim Cognac stumm da und versuchten, die Kaugeräusche der anderen zwölf Personen zu ignorieren. Ein erfolgloses Bemühen.

Laura und Hannes waren seit ewigen Zeiten zusammen. Sie hatten zu Beginn der siebziger Jahre geheiratet, damals als uns allen – auch Laura und Hannes – gerade aufging, daß die Ehe ein aussterbendes bürgerliches Relikt und ein männliches Machtinstrument zur Unterdrückung von Frauen ist. Laura und Hannes waren während der folgenden Jahrzehnte zum Mittelpunkt unseres Freundeskreises geworden. Daß sie immer zusammengeblieben waren, hatte uns alle außerordentlich beruhigt. Hannes und Laura, das war wie Philemon und Baucis, so hatten wir oft gescherzt. Und nun dies.

Ich kann nicht mehr sagen, wie viele Geburtstage wir bei ihnen gefeiert haben, wie viele Sommerfeste in ihrem verwilderten Garten, wie viele fabelhafte Silvesterräusche wir auf Matratzen, in Schlafsäcken, auf der ewiggleichen Couch in ihrem Wohnzimmer ausgeschlafen haben, während Hannes und Laura sich in ihr geheiligtes Schlafzimmer zurückzogen, ewig einander treu. Treu, während die anderen von einem Bett zum anderen wechselten, sich Trennungen und Scheidungen häuften und wir unser Chaos unter Tränen immer wieder zu Hannes und Laura trugen.

Auch Weihnachten feierten wir meistens bei den beiden. Jedes Jahr hatten sie einen herrlich geschmückten Baum. Immer gleich. Vom Prinzip her mußten wir das natürlich strikt ablehnen. Zuerst ging es uns dabei um das spießige bürgerliche Ritual – die meisten von uns weigerten sich inzwischen, das alljährliche weihnachtliche Pflichtprogramm mit Gänsebraten, Fondantkringeln, Kinderliedern, Gesellschaftspielen und Tränen der Rührung bei den Eltern abzuleisten; wir waren einfach darüber hinausgewachsen. In späteren Jahren fragten wir penibel bei Laura und Hannes nach, wer denn den Baum wieder abschmückte, wenn er nadelte, wer staubsaugte und die ganze Arbeit der Reinung hatte. Natürlich wußten wir, daß das Laura war. Hannes scherte sich nicht darum, wenn Ostern noch die Tannennadeln von Weihnachten im Teppich steckten. Danach kam die Phase, in der wir uns erkundigten, ob die Bienenwachskerzen eventuell mit Formaldehyd behandelt wären oder ob unsere Kopfschmerzen möglicherweise vom Lack ihres neuen Ikearegals stammen könnten. Natürlich kamen sie vom Rotwein. Später waren wir mehr mit dem Kahlschlag der Wälder, mit Erosion und dem Ozonloch beschäftigt. Wir konnten es natürlich nicht gutheißen, daß Laura und Hannes einfach mitmachten bei der Vernichtung unseres Planeten.

Und jedes Jahr wieder freuten wir uns sehr, den geschmückten Baum zu sehen, wenn wir aus dem kalten Winter durch die Haustür in die warme gemütliche Wohnhöhle der beiden traten. Keiner hätte das je ausgesprochen, aber es war so etwas wie ein Heimatgefühl. Das Gefühl, zu Hause zu sein in der eigenen Generation. Laura schmückte sogar die Haustür mit Tannengirlanden. Alles war in Grün, Rot und Gold. Wir genossen das mehr, als wir uns je zu sagen getraut hätten. Außerdem gab es Geschenke für jeden einzelnen von uns. Auch wir brachten Geschenke mit. Berge von sorgfältig verschnürten, verzierten, geheimnisvollen Paketen lagen schließlich unter dem Baum. In den ersten Jahren gab es Kartoffelsalat mit Würstchen, dazu Punsch. Dann Puter, wegen der Kalorien. Später Flugenten, und seit drei Jahren freuten wir uns auf die Gans. Nach dem Essen packten wir die Geschenke aus, und manchmal tauschten wir untereinander ein, was uns besonders gefiel. Dann tranken wir Rotwein bis zum Abwinken, spielten Scrabble, Trivial Pursuit und neuerdings Fantasy Rollenspiele, die eines der fast erwachsenen Kinder mitgebracht hatte. Wenn sie schon mitkommen müßte, hatte Lucy murrend gesagt, dann sollten wir auch spielen, was sie wollte. Letztes Weihnachten war das, und es dauerte bis vier Uhr früh.

Inzwischen war Ende August, und wir feierten in Lauras Geburtstag hinein. Am nächsten Tag würde sie 50 Jahre alt werden. Laura war ein typischer Löwe, großzügig, liebevoll, laut und direkt. Ihre Geburtstagsrede hielt sie sich selbst. Aber viele von uns hatten auch ein paar witzige und herzliche Worte vorbereitet. Die waren uns dann im Halse steckengeblieben, als Lauras Ansprache beendet war und wir ihren Wunsch gehört hatten.

Sie wünschte sich, einmal mit denjenigen aus ihrem Freundeskreis zu schlafen, mit denen sie schon immer gerne mal geschlafen hätte. »Und das seid ihr alle, alle zwölf«, hatte sie in unsere fassungslosen Gesichter hinein gesagt, die Arme weit geöffnet und gleich angefügt: »Und wenn ich sage, ihr alle, dann versteht mich bitte nicht falsch. Ich sage das nicht etwa, weil ich niemanden kränken will, wenn ich ihn oder sie auslasse. Es ist einfach so, daß ich auf euch alle Lust habe. Immer schon.« All die Jahre, so Laura, hätte sie sich diese Gelüste verkniffen. In erster Linie hätte sie natürlich Hannes nicht verletzen wollen. Aber auch unsere wunderbaren Freundschaften wollte sie nicht zerstören. Solche Geschichten, das lese man ja immer wieder, seien in der Lage, sogar einen so soliden Freundeskreis wie den unseren aus der Fassung zu bringen. Und dieser Freundeskreis sei ihr eben immer wichtiger gewesen als so ganz persönliche Sehnsüchte. Und so hätte sie den Wunsch immer wieder beiseite gelegt.

Aber er sei immer wieder aufgetaucht. In der letzten Zeit verstärkt durch den Gedanken, daß sie eines Tages auch nicht mehr so knackig sein würde wie jetzt doch immerhin noch. Da hatte Laura wirklich recht, sie ist beneidenswert frisch geblieben, dasselbe Gewicht, nichts hängt, wie macht sie das nur? Weder spielt sie Tennis noch joggt sie.

Da der Gedanke, so Laura weiter, aber immer wieder auftauchte, hatte sie ihn schließlich mit Hannes besprochen, wie sie eben alles mit Hannes bespreche. Und zu ihrer Überraschung und Freude hätte der sich nach längerem Zögern bereit erklärt, ihren Wunsch zu akzeptieren. Ein einziges Mal würde er es ertragen können, hatte er – nach einem vollen Monat Bedenkzeit – gesagt. Er sehe seine Großzügigkeit, so erläuterte Laura, während Hannes still dabei saß und auf seinem Teller umherstocherte, als eine Chance, ihr seine Dankbarkeit dafür zu zeigen, daß sie ihm immer so ein herrliches Heim bereitet hatte.

Als wir das alles einigermaßen verdaut hatten – während uns das Lammfilet noch vor dem Magen stecken geblieben war –, schilderte sie uns, wie sie sich die Durchführung vorstellte: »Ich möchte jede Minute meines Geburtstags genießen. Da wir hineinfeiern, bleiben uns also 24 Stunden Zeit. Ich habe ja nicht eure Erfahrung, aber ich finde, das sollte genügen. Wir müssen uns nicht stressen. Und wenn wir das alles schön kompakt organisieren, können wir hinterher tun, als sei es gar nicht geschehen. Wir wollen dann nie wieder darüber reden. Wir vergessen es. Ein Traum. Einmal und nie wieder.«

Weil Hannes bis jetzt noch kein einziges Wort dazu gesagt hatte, guckten wir ihn all an. Er schaute von seinem Teller auf, blickte jedem von uns in Ruhe in die Augen und sagte: »Ihr wißt natürlich, daß wir beide uns einig sind.« Laura erhob sich und fügte an: »Ich kann auch rausgehen, wenn ihr allein mit Hannes reden wollt?« Hannes grinste, stand ebenfalls auf und sagte: »Unsinn, Laura, die glauben nicht, daß du mich manipulierst. Also, Leute, wir ziehen uns jetzt für eine Stunde zurück, damit ihr euch schon mal die Reihenfolge überlegen könnt. Nachher gehe ich dann in ein Hotel, und ihr seid allein mit Laura. Seid lieb zu ihr.« Das fanden wir dann alle sehr rührend, und Laura selbst mußte ein bißchen weinen. Dann lachte sie wieder, weil die Stimmung doch zu melancholisch geworden war. Und dann verschwanden die beiden in ihrem Schlafzimmer. Wie immer.

Marianne: »Ach, du Scheiße. Jetzt sitzen wir hier, schweigen und können uns noch nicht mal angucken. Aber eines ist natürlich klar: Keinen Schritt werde ich in dieses Schlafzimmer machen. Da bin ich einmal drin gewesen, und ich schäme mich heute noch. Nie wieder. Diese Affäre damals mit Laura, du meine Güte, ist das lange her. Einmal war das nur, und Hannes hat bestimmt nie etwas davon erfahren. Irgendwie war das der Rausch der frühen Frauenbewegung, und Laura hatte vielleicht einen kurzen Moment gedacht, sie sei lesbisch oder sich vielleicht auch diesem Druck zur politisch korrekten Sexualität gebeugt, und das war damals eben die lesbische. Sicher hat Laura das längst wieder vergessen. Verdrängt. Bestimmt. Meine Güte, ein einziges Mal war sie Hannes untreu. Und ausgerechnet mit mir. Irrsinnig aufregend war das. Für mich. Ich war völlig überrascht, daß ich sexuell mit einer Frau überhaupt etwas anfangen kann. Was nicht heißen soll, daß ich mit Männern sexuell besonders viel anfangen kann. Bis auf diese hektische Entjungferung mit 19, die kurze Affäre mit Benno, dem Langweiler. Ewige Liebe hat der mir geschworen und ist heute noch verheiratet, und mein Kollege ist er auch noch. Und viel später dann noch diese völlig verrückte Begegnung mit dem Fußfetischisten in einem Eisenbahnabteil. Aber sonst war mein Leben, wenn ich so zurückschaue, nicht gerade eine sexuelle Offenbarung.

War wohl auch mehr Mitleid, von Laura damals, als echte Lust auf mich. Wie dem auch sei, immerhin hat sie mir den ersten richtigen Orgasmus meines Lebens beschert, beziehungsweise eine ganze Serie, und dafür bin ich Laura wirklich dankbar. Heute noch. Sie hat mir etwas beigebracht, was ich danach viel und gern genutzt habe. Beim ersten Mal war das so überwältigend, daß ich hinterher eine Stunde geheult habe. Gott, wie peinlich! Mensch, Laura, das waren noch Zeiten. Ich bin ganz sicher, daß sie inzwischen alles vergessen hat. Hoffentlich. Und deshalb werde ich dieses Schlafzimmer nie wieder betreten. Da kann sie sich noch so sehr in Feuer reden wie gerade eben. Toll sah das aus, ihre Haare flogen, als ob aus ihnen kleine Flammen hervorzüngelten. Tolle Haare, noch ganz schwarz. Ob sie die färbt?

Meine Güte, ist das warm hier. Kann nicht mal jemand das Fenster aufmachen? Aber die kriegen ja noch nicht mal den Mund auf. Bis auf Eugen, das Schwein. Ich glaub, ich spinne, sagt der doch tatsächlich: ›Also, wenn keiner will, mache ich den Anfang.‹ Typisch, der war immer schon scharf auf Laura. Na, das wollen wir doch mal sehen.»

Eugen: »Ich hatte sofort eine Erektion, vorhin, als sie damit rausrückte. Schlagartig. Wie ein Anpochen. Mein Gott, was hab' ich für Schwein, daß Hannelore heute unbedingt zu ihrer Weight-Watcher-Gruppe wollte. Die hätte es mir vermasselt. So eifersüchtig wie die ist, wenn ich Laura nur erwähne. Und jedesmal, bevor wir hier herkommen, immer erst zum Frisur und zur Kosmetikerin und ein neues Kleid. Und was bringt's?

Herrgott, endlich mal wieder mit Laura vögeln! Affenspitzengeil. Und gleich als erster ran. Nachher ist sie müde. Macht mir gar nichts, daß die anderen mitkriegen, wie scharf ich auf Laura bin. Nee, ich glaube, das finde ich besonders geil. Daß die das wissen. Daß die hier sitzen und warten müssen, und wir da drin, bis ich mit ihr fertig bin. Und wenn die dann noch wüßten, daß ich der einzige bin, der diese berühmte treue Laura schon mal gevögelt hat! Mein Gott, ein einziges Mal und all die Jahre nicht wieder, was für eine Verschwendung!

Hat sie die Frauen eigentlich auch gemeint? Wahrscheinlich. Marianne guckt schon so verklärt. 24 durch zwölf sind zwei. Zwei Stunden hab' ich. Einmal darf man nur ran. Oder ob ich das splitten kann? Jetzt eine Stunde, dann ein bißchen schlafen, und in fünf Stunden noch mal? Oh Gott, Laura, wenn ich nicht aufhöre, daran zu denken, wie es letztes Mal war, dann geht mir gleich hier einer ab. Verdammt. Ich wollte es ja damals eigentlich nicht hier in Lauras Wohnung machen, wegen Hannes und so, und weil die Erinnerung immer irgendwie in den Räumen bleibt, besser ein Hotelzimmer, neutral, nüchtern und nicht verräterisch, aber als sie dann sagte: »Eugen, it's now or never«, da war schon alles klar.

Und das, was sie über diese komische Untersuchung wegen der Bettwäsche sagte, das hat mir schon eingeleuchtet. Daß Frauen immer im eigenen Bett fremdgehen, weil sie selbst die Bettwäsche wechseln, und Männer immer im fremden, weil sie das nie tun.

Aber halt! Wenn die Frauen mit dabei sind, und das wird hier sowieso ein »Anything-goes«, wie wär's dann in der zweiten Hälfte mit 'nem Dreier? Wahnsinn. Ach, das macht Laura nie. Oder? Die erste Hälfte für mich allein. Ganz klar. Und als erster. Und nachher dann noch mal mit... Wen nehm' ich denn? Verdammt. Ich muß mich schnell entschließen, bevor die anderen überhaupt Pläne machen. Die gucken noch total geplättet, und ich serviere denen einfach meine Ideen.

Die kleine Lucy vielleicht? Verdammt, ich könnte ihr Vater sein. Das verzeiht mir Julius nie. Hat Laura das etwa auch vor? Mit Julius' Tochter? Julius, Mensch, der denkt da auch grad drüber nach, das seh ich, dem läuft ja der Schweiß runter. Jetzt stellt der sich doch tatsächlich vor, daß er mit Laura und mit seiner eigenen Tochter zusammen im Bett liegt. Ich werd' verrückt. Das ist die schärfste Geburtstagsfeier, die ich je erlebt habe. Oder nehm' ich vielleicht doch lieber Marianne? Gute Titten. Hat die eigentlich einen Freund? Irgendwie hat die was Lesbisches. Das wär' geil. Oh Gott, ich muß an was anderes denken. Ob ich noch 'nen Cognac trinke?«

Lucy: »Der arme Hannes. Wie ein geprügelter Hund ist der vorhin abgezogen mit dieser bescheuerten Laura. Das hat der bestimmt nicht gewollt. Laura ist ein Luder. Ein Leben lang keinen Sex, und jetzt denkt sie, kurz vor Ladenschluß kann sie bei ihren Freunden abkassieren. Igitt. Pervers.

Dabei hat sie so ein Glück mit Hannes. Soll bloß aufpassen, der sieht noch verdammt gut aus für sein Alter. Und jetzt sitzt der allein in irgend so einem öden Hotelzimmer und heult. Welches Hotel, hat er gesagt? Oder hat er das nicht gesagt? Welche sind denn hier in der Nähe? Aber ich kann die ja nicht abklappern und überall fragen, ob er da ist. Vielleicht anrufen. Ich geh' einfach hin, und dann blas ich ihm einfach einen. Hab' ich grad gelernt. Ist nicht toll, aber da hat Laura bestimmt keine Ahnung von. Armer Kerl, der soll jetzt auch eine Freunde haben.

Also, ich geh' jetzt. Aber was mach' ich bloß mit Papa? Der arme Papa sitzt hier neben mir, mag keinen anschauen und macht mit den Fingern feuchte Flecken auf die Tischplatte. Der arme Kerl. Soll er mal lassen. Sonst denken die, er ist scharf auf die verrückte alte Laura. Dabei ist er impotent. Seit zehn Jahren, sagt Mama. Bis 41 ging es noch, sagt sie. Naja, reicht ja auch. Was ist eigentlich schlimmer: wenn die denken, er ist scharf auf die alte Laura, oder wenn die wissen, er ist impotent? Ich glaube, das erste.

Und der Eugen, der spinnt ja auch total. Wie aus der Pistole geschossen: ›Ich mach den Anfang!‹ Was der wohl mit Laura will? Daß sie gut kocht und immer diesen blöden Weihnachtsbaum auffährt, na schön, aber von Sex keine Ahnung. Ach, Eugen ist sowieso hinter jeder her. Jetzt stiert er auf Mariannes dicke Titten. Also, auf den braucht sich Laura gar nichts einzubilden.

Oder ob ich doch bleib'? Mal gucken, wie die Alten so mit der Situation fertig werden? Mein Gott, ist Eugen zappelig. Jetzt hat er das Glas umgekippt. Wenn der weiterhin so viel Cognac säuft, wird das noch nicht mal mit dem was. Dann hat Laura wieder nur Hannes. Und der pfeift da bestimmt drauf. Bestimmt schon seit langem.

Ob die mich eigentlich auch gemeint hat? Quatsch. Ich bin ja eigentlich nur statt der kranken Mama hier. Mama. Mama?»

Julius: »Jetzt kommt es raus. Scheiße. Oder ob es doch noch einmal klappt? Ein einziges Mal? Laura, du Engelsgeschöpf. Mit uns beiden, wie damals? Wenn nicht, sie hält den Mund. Oder doch nicht? Ob sie mit Hannes drüber spricht? Nein. Das glaub' ich nicht. Bestimmt nicht. Ganz sicher nicht. Laura nicht. Die ist diskret. Oder doch? Hat sie ja auch damals nicht getan. Niemals. Oder doch?

Aber was mach' ich bloß mit Lucy? Wenn die das sieht, daß ich da die Treppe hochgehe. Ins Schlafzimmer. Gar nicht dran zu denken. Ich sag' einfach, ich geh' auf's Klo. Und dann bin ich eben so lange geblieben. Klasse. Aber wenn die nicht wissen, daß ich hochgehe, geht jemand anders. Wie mach' ich das bloß?

Hat Laura eigentlich auch die Frauen gemeint? Sie hat doch nicht etwa auch die Frauen gemeint? Kann nicht sein. Aber sie hat zwölf gesagt. Das ist mit Frauen. Lucy auch? Ach, nein, die ist ja nur mit, weil Alma krank ist. Alma. Alma?«

Eugen: »Ich werd' verrückt, schon fast 'ne Stunde um, und die haben sich immer noch auf nichts geeinigt. Nur darauf, daß es zwei Warteräume geben sollte, darauf haben die sich geeinigt. Ich fasse es nicht: Die Chance des Lebens, und hier diskutieren sie darüber, daß es zwei Wartesäle geben soll. Einen für diejenigen, die schon dran waren, und einen zweiten für die, die noch dran kommen. Albern. Wenn ihnen nichts Wichtigeres einfällt. Aber alle haben sofort zugestimmt, als Julius vorschlug, daß die Vorher- und die Nachher-Gruppe sich nicht begegnen sollte. Komisch, das hat denen sofort eingeleuchtet. Versteh' ich nicht. Ist doch besonders geil, wenn man da wieder rauskommt und die anderen gucken: Na, wie war's? War sie gut? Sei's drum. Die Nachher-Gruppe soll ihr Lager also in der Küche aufschlagen, die anderen bleiben im Wohnzimmer. Dazwischen ein langer Flur. Zwar, sagte Julius – der hat wirklich eine nervtötende Art, ins Detail zu gehen –, zwar bestünde die Möglichkeit, daß man sich trotz allem auf dem Weg zur Toilette begegnete, aber man könnte ja vorsichtig lauschen, ob sich irgend jemand gerade auf denselben Weg machte. Der hat Probleme! Und die kleine Lucy grinst ihren Vater dabei unentwegt an. Grinst überhaupt den ganzen Abend, die Kleine. Freut sich wohl schon, mal so einen richtigen Einblick in die Erwachsenenwelt zu kriegen.

Also, ich bring' das jetzt mal voran hier.«

Marianne: »Eugen ist ein Arsch. ›Wenn ich fertig bin, klopf' ich‹, das hat der doch tatsächlich gesagt, und dann ist er hochgespurtet ins Schlafzimmer. Was denkt der, wo er ist? Ist das hier Leistungssport? Was will er machen? Stabhochsprung? Ob ich hinterherlaufe und ihn zurückreiße? Nimm dich zusammen, Marianne, du gehst da nicht hoch. Die arme Laura, die hat ihn doch bestimmt nur einbezogen, um ihn nicht zu kränken. Was heißt hier, arme Laura? Sie ist doch selber schuld. Verrückte Idee. Das war bestimmt nicht ihre eigene. Ob Hannes das will? Aber der war doch noch nie so. Mein Gott, die ganzen Jahre treu und nun das. Ich hab gar kein Nachthemd mit. Soll das hier eigentlich ein Experiment sein oder was? Die sind verrückt. Ich geh' jetzt nach Hause. Nein, das kannst du nicht, du kannst Laura mit denen hier nicht allein lassen. Das ist ihr 50. Geburtstag. Schließlich wolltest du die ganze Nacht bleiben. Das machst du auch. Das ist Ehrensache.

Und da sitzt dann auch noch die kleine, verstörte Lucy. Die weiß überhaupt nicht, was hier eigentlich los ist. Armes Ding. Hübsche Figur.«

Julius: »Jetzt hab ich's! Ich geh' hinterher einfach nicht in die Küche, sondern zurück ins Wohnzimmer, wo die anderen noch warten. Das ist gut. Brillant. Aber die Treppe nach oben knarrt. Vielleicht nicht, wenn ich ganz am Rand gehe. Oder doch? Also: Eugen kommt zurück, klopft, und ich geh' auf's Klo. Nein, dann geht jemand anders los zu Laura. Also, ich sage: ›Ich geh zu Laura.‹ Und dann geh' ich zu Laura. Und dann komm' ich zurück ins Wohnzimmer, grinse und sage: ›Denkt ihr, ich mach' sowas? Und auch noch mit Lucy hier? Ihr seid wohl verrückt. Ich hab' nur Spaß gemacht, ich war auf'm Klo.« Ja, so mache ich das. Das ist Klasse.

Einmal muß ich das einfach noch ausprobieren. Ich mach das. Das tu ich. Ja.«

Der Lauf, man könnte auch sagen, die Natur der Dinge ergab, daß Hannes und Laura am übernächsten Tag ein wenig erschöpft waren. Aber am Wochenende darauf machten sie sich einen gemütlichen Abend miteinander. Vielleicht um die Ereignisse noch einmal durchzugehen, zu verarbeiten, wie man sagt, vielleicht auch, um mit kühnem Sprung über sie hinwegzugehen. Äußerlich waren die beiden unverändert, sie gingen miteinander um wie immer. Laura öffnete den Rotwein, und Hannes stieg in sein Archiv hinab, um eine Auswahl aus seiner sorgfältig gepflegten Sammlung von Videokassetten zu holen.

Laura und Hannes kannten sich buchstäblich aus der Sandkiste. Laura war fünf gewesen, als sie den vierjährigen Hannes aufgefordert hatte, seine Strampelhose auszuziehen und seine Pullermaus vorzuzeigen. Als er eifrig ihrem Begehren nachgekommen war, sagte sie abfällig: »Ach, du meine Güte, du hast ja gar keine.« Dann ging sie weg. Als Hannes hinter ihr herrannte und rief: »Nun du, nun du, nun du«, drehte sie sich um und kippte ihm ihr Eimerchen mit Sand über den Kopf. Das wurde der Beginn einer lebenslangen Freundschaft.

Sie hatten zusammen studiert und später dann geheiratet. Eigentlich besaß Hannes alles, was er brauchte: die Frau, das Haus und den Beruf, den er wollte. Dennoch verließ ihn das vage Gefühl, daß ihm irgend etwas Wesentliches fehlte, sein Leben lang nicht. Zuerst suchte er es an einer naheliegenden Stelle, nämlich bei Laura. Zwar hatte er dort ja im Prinzip gefunden, was er suchte, aber das Gefühl ging trotzdem nicht weg. Natürlich waren die beiden aufgeklärt genug, um einen gewissen Zusammenhang mit dem frühen Sandkastenerlebnis herzustellen, fanden aber beide, dies sei keine ausreichende Ursache für ein derart intensives, lebensbegleitendes Gefühl. Über die Jahre verstärkte es sich sogar noch, und Hannes beschloß, etwas Grundsätzliches zu unternehmen.

Nach einigen Versuchen im Transvestitismus, wo er aber nicht recht hatte Fuß fassen können, weil ihm dieses ewige An- und Ausziehen doch ziemlich lästig wurde, hatte sich Hannes auf den Voyeurismus verlegt. So konnte er zwar nicht sein, aber doch sehen, was ihm fehlte. Außerdem brauchte es dazu nur eine kleine Ausrüstung, ein Fernglas, manchmal noch eine Kamera, aber keinerlei neue Garderobe.

Alles in allem war das eine ganz gemütliche kleine Perversion, die sich mit wenig Aufwand betreiben und in den Abendstunden erledigen ließ. Sie kollidierte in keiner Weise mit seiner Berufstätigkeit, was vielleicht hätte passieren können, wenn er beim Transvestitismus geblieben wäre.

Weil er es sich bei der Ausübung seines Hobbys so bequem machen konnte, verspürte Hannes auch tiefes Mitleid mit jenen Gleichgesinnten, die neuerdings sogar in Talkshows auftraten und über die Unbill klagten, die sie erleiden mußten, wenn sie nachts in Kälte und Dunkelheit vor fremden Häusern lauerten oder von glatten Dächern abrutschten und in die Tiefe stürzten, weil irgendein unachtsamer Mensch überraschend ein Klofenster geöffnet hatte. Hannes plagten derartige Sorgen nicht. Er hatte sie nicht nötig, da Laura lieb und verständnisvoll war und ihn immer zuschauen ließ, wenn sie mal wieder eine kleine Affäre hatte.

Über mangelnde Abwechslung konnte sich Hannes fürwahr nicht beklagen. Schon vor ihrer Hochzeit, die tatsächlich im Kölner Dom stattgefunden hatte – der gesamte Freundeskreis war eigens dafür nach Köln gereist –, hatte Laura Affären gehabt. Und sie hatte früh klargestellt, daß sie es auch weiterhin so zu halten gedachte. Hannes war das recht. Die Basis ihres Arrangements war der Beschluß, daß beide bekommen sollten, was sie brauchten. Hannes wollte Beschaulichkeit, und Laura wollte Unruhe. Beide wollten Diskretion.

Daher hatte Laura ihre Affären grundsätzlich im eigenen Schlafzimmer. Die meisten ihrer Freunde und Freundinnen akzeptierten Lauras Tatortwahl ohne großes Zögern. Alle wußten ja, daß Laura am liebsten zu Hause war. Manche aber verspürten Hannes gegenüber, mit dem sie schließlich auch befreundet waren, erhebliche Skrupel. Für diese Zielgruppe dachten sich Hannes und Laura eine derart raffinierte Begründung aus, daß sie sich ihrer gar nicht genug freuen konnten. Die Idee war ihnen in einer ihrer geheiligten Abendstunden gekommen, in denen sie vergangene Genüsse im Gespräch, aber auch in Bild und Ton Revue passieren ließen. Eine aktuelle britische Untersuchung über Untreue hatte ergeben, daß verheiratete Frauen am liebsten auf dem eigenen Laken fremdgingen, verheiratete Männer hingegen lieber auf dem fremden. Laura hatte damals gerade das neueste Buch von Anja Meulenbelt gelesen, die dieses Phänomen so deutete, daß Frauen die Aufgabe der Spurenverwischung lieber in den eigenen Händen behielten. Jede Frau dagegen, die nach Hause käme und ihr Bett vom eigenen Mann frisch bezogen vorfände, würde sich zumindest wundern. Dieses Argument, das sowohl überzeugend war als auch – durch den Namen Anja Meulenbelt – politisch korrekt, brachte Laura immer dann vor, wenn sie wieder jemanden aufs heimische Laken lockte, der seinem abwesenden Freund Hannes gegenüber Skrupel empfand. Jedesmal, wenn Laura und Hannes bei ihrer privaten Filmvorführung an diese Stelle kamen, mußten sie herzlich lachen.

»So«, sagte Hannes, als er mit einem halben Dutzend Videokassetten wieder aus dem Keller hochkam, »ich hab' auch noch ein paar alte mitgebracht. Ich will nicht das ganze Wochenende noch mal sehen. 24 Stunden im Stück, das war erst mal genug. Was hältst du denn von Marianne?« Dann legte er die Videokassette mit der säuberlichen Aufschrift »Marianne, 11. Oktober 1975« in den Recorder und drückte die Starttaste der Fernbedienung. Einigermaßen stumm schauten die beiden ein knappes halbes Stündchen zu, dann sagte Hannes: »Die Heulorgie lassen wir wohl besser aus« und drückte die Stopptaste. Laura seufzte: »Arme Marianne, sie hat aber wirklich gar nichts dazugelernt.« – »Das stimmt«, bestätigte Hannes, »aber du gibst ihnen allen einfach so einen unvergleichlichen Start. Was soll da noch Tolles kommen?« Laura erhob ihr Glas, dankte Hannes für das Kompliment und fügte dann nachdenklich an: »Na, wir wollen mal abwarten, was Lucy in 15 Jahren dazulernt.« – »Laura, dann bist du 65.« – »Und?« Dann vergnügten sie sich mit dem Gedanken, wem sie Hannes' fabelhafte Videokollektion vererben sollten, da sie selbst keine Kinder hatten. So scherzten die beiden, während sie mal in diese, mal in eine andere Kassette hineinschauten. Eine richtige Orgie, so wie sie sich das vorgestellt hatten, war es dann doch nicht geworden am letzten Wochenende, da waren sie sich einig, aber über Julius' Erfolg konnten sie sich beide von ganzem Herzen freuen.

Alle Frauen begehren nur eines:
Sie wollen herrschen – über den Gatten
und über den Geliebten. Sie wollen das
Regiment führen über den Mann. Dies ist
ihr größter Wunsch.

The Wife of Bath's Tale, Canterbury Tales,
Geoffrey Chaucer, 1380

Komm doch mal rüber, Mann,
weil ich ja ohnehin gewinn',
weil ich ein Mädchen bin.

»Mädchen« von Lucilectric
Sommerhit 1994

SERIE PIPER

Kenizé Mourad

Im Namen der toten Prinzessin

Roman eines Lebens. Aus dem Französischen von Brigitte Weidmann. 613 Seiten. SP 1344

Kenizé Mourad, Tochter der letzten türkischen Sultanin, Selma, und des indischen Radschahs von Badalpur, der das Schicksal keine Zeit ließ, ihre Mutter kennenzulernen, hat ein Buch geschrieben, in dem sich Vorstellungskraft und Einfühlungsvermögen, historische Fakten und eine märchenhafte Lebensgeschichte zu einem mitreißenden Erzählstrom verdichten.

Wach und sensibel erlebt Selma den Zusammenbruch des Osmanischen Reiches 1920, die leidvollen Erfahrungen ihrer Familie, die der Verbannung 1922 vorausgehen, das Elend der Mutter, die, der Etikette, der Religion, dem Vaterland tiefer verpflichtet als ihrer Familie, zwar ihre Würde nicht verliert, wohl aber den eigentlichen Grund ihrer Existenz.

Für Selma bietet das Exil in Beirut, der damals schillerndsten Stadt des Vorderen Orient, mehr Abenteuer als Erniedrigung. Wenngleich eine »unterdrückte Prinzessin«, wächst sie hier – inmitten der großen Familien der französischen Mandatsstadt – heran, erlebt ihre erste Leidenschaft, bevor sie standesgemäß an einen indischen Radschah verheiratet wird. Und Indien, das feudale und zugleich erschütternd arme Indien – das ist für sie die qualvolle Verbannung. Erst in Paris, der glanzvollen Metropole der dreißiger Jahre, wird Selma, jenseits der Salons von Nina Ricci und Maxim's, zu sich selbst und der Liebe ihres Lebens finden.

»Eine wundersame Liebesgeschichte ergibt manchmal einen großen Roman. Wenn aber die Geschichte darüber hinaus wahr ist, ja ebenso wahr wie unwahrscheinlich, wenn sich in ihr der Untergang eines ganzen Weltreichs, einer bewegenden Epoche spiegelt, wenn die Heldin eine Sultanin ist, und Istanbul ihr Geburtsort, von wo der Zusammenbruch des Osmanischen Reiches sie ins libanesische Exil nach Beirut zwingt, die Heirat mit einem ihr unbekannten Radschah sie an einen indischen Königshof führt und die bevorstehende Geburt ihres Kindes ihr zum ersten Mal ein freies Leben in Paris ermöglicht – dann erwartet man ein außergewöhnliches Buch.«

L'Express

Jorge Amado

Die Abenteuer des Kapitäns Vasco Moscoso
Roman. Aus dem brasilianischen Portugiesisch von Curt Meyer-Clason. 348 Seiten. SP 1187

Die Auswanderer vom São Francisco
Roman. Aus dem brasilianischen Portugiesisch von Andreas Klotsch. 330 Seiten. SP 1910

Dona Flor und ihre zwei Ehemänner
Eine Geschichte von Moral und Liebe. Roman. Aus dem brasilianischen Portugiesisch von Curt Meyer-Clason. 478 Seiten. SP 666

Die drei Tode des Jochen Wasserbrüller
Erzählung. Aus dem brasilianischen Portugiesisch von Curt Meyer-Clason. 77 Seiten. SP 1341

Die Geheimnisse des Mulatten Pedro
Roman. Aus dem brasilianischen Portugiesisch von Kristina Hering. 377 Seiten. SP 1504

Jubiabá
Roman. Aus dem brasilianischen Portugiesisch von Andreas Klotsch. 355 Seiten. SP 687

Leute aus Bahia
Zwei Romane. Aus dem brasilianischen Portugiesisch von Johannes Klare. 271 Seiten. SP 1596

Nächte in Bahia
Roman. Aus dem brasilianischen Portugiesisch von Curt Meyer-Clason. 443 Seiten. SP 411

»Ich habe Bahia durch Jorge Amado kennengelernt, aber auch Brasilien kenne ich durch ihn.«
Pablo Neruda

Tieta aus Agreste
Roman. Aus dem brasilianischen Portugiesisch von Ludwig Graf Schönfeldt. 581 Seiten. SP 926

Tote See
Roman. Aus dem brasilianischen Portugiesisch von Erhard Engler. 371 Seiten. SP 697

Das Verschwinden der heiligen Barbara
Roman. Aus dem brasilianischen Portugiesisch von Kristina Hering. 469 Seiten. SP 1568

Viva Teresa
Roman. Aus dem brasilianischen Portugiesisch von Ludwig Graf von Schönfeld. 452 Seiten. SP 2098

»Wahrscheinlich muß man in Lateinamerika leben, um so ungebrochene Lebensfreude, so hemmungslose Lust am Fabulieren zu produzieren, wie Jorge Amado.«
Mannheimer Morgen

Edith Wharton

Der flüchtige Schimmer des Mondes

Roman. Aus dem Amerikanischen von Inge Leipold. 368 Seiten. SP 2271

Scharfsinnig nimmt die »Grand Old Lady der Literatur« hier die amerikanische High Society in Europa aufs Korn. Susy und Nick Lansing, beide ebenso unternehmungslustig wie brillant auf gesellschaftlichem Parkett, haben leider ein großes Manko: Sie sind ohne einen Cent. Weil sie trotzdem das Leben im Luxus lieben, verlegen sie sich ungeniert aufs Schmarotzen.

»Die Menschen sind oberflächlich, je reicher desto mehr und nur ganz selten entstehen Augenblicke der wahren Empfindung. Wenn Edith Wharton diese raren Momente der Ungeschütztheit beschreibt, plötzlich inmitten der verlogenen und verschwätzten Sozialität, wird die ironische Gesellschaftskritikerin ganz ernst und melancholisch. Das sind – neben dem Vergnügen am (heute sehr vermißten) Esprit – die großen Momente dieses heiteren Romans.«

Süddeutsche Zeitung

Sommer

Roman. Aus dem Amerikanischen von Michaela Nissen. 260 Seiten. SP 1263

Eine beklemmend schöne Liebesgeschichte von unglaublicher Dichte und Intensität.

Zeit der Unschuld

Roman. Aus dem Amerikanischen von Richard Kraushaar und Benjamin Schwarz. 480 Seiten. SP 1264

In diesem 1921 mit dem Pulitzerpreis ausgezeichneten Roman erzählt Edith Wharton die Geschichte einer durch gesellschaftliche Konventionen verhinderten Liebe im New York der siebziger Jahre des vorigen Jahrhunderts. Newland Archer, ein junger Anwalt aus der High-Society, verlobt mit May Welland, verliebt sich in die unkonventionelle Ellen Olenska. Doch er gehorcht der Pflicht, unterwirft sich dem Kodex seiner Gesellschaftsschicht und sichert sich dadurch seine Karriere, aber er verspielt das Glück seines Lebens.

»Ein facettenreiches und überaus präzises Bild der exklusiven Gesellschaftsschicht.«

Süddeutsche Zeitung

SERIE PIPER

Carlo Fruttero & Franco Lucentini

Das Geheimnis der Pineta

Roman. Aus dem Italienischen von Burkhart Kroeber. 448 Seiten. SP 2018

Eine amüsante Gesellschaftskomödie, gespickt mit hintersinnig-ironischen Zitaten.

»›Das Geheimnis der Pineta‹ wäre am besten zu charakterisieren als ein gescheites, geistreiches Puzzle.«
Die Zeit

Der Palio der toten Reiter

Roman. Aus dem Italienischen von Burkhart Kroeber. 220 Seiten. SP 2183

»Welches Geheimnis aber soll entschleiert, welches Gesicht entlarvt werden?... Ziel der spannenden, witzigen und keine Direktheiten scheuenden Attacke ist die Demaskierung des durch Fernsehen und Werbung geprägten modernen Durchschnittsmenschen.«
Neue Zürcher Zeitung

Wie weit ist die Nacht

Roman. Aus dem Italienischen von Herbert Schlüter und Inez de Florio Hansen. 571 Seiten. SP 5565

»Mit ihrem Roman haben Fruttero und Lucentini eine Comédie humaine en miniature geschaffen, in der die Nachtseiten der menschlichen Existenz mit Witz, Ironie und einer Spur Oberflächlichkeit erfolgreich in Schach gehalten werden.«
Tagesanzeiger

Du bist so blaß

Eine Sommergeschichte. Aus dem Italienischen von Dora Winkler. 68 Seiten. SP 694

Das italienische Autorenduo hat eine meisterliche kleine Etüde geschrieben, eine witzige und bösartige Kritik an der italienischen Sommerkultur.

Die Farbe des Schicksals

Eine Erzählung. Aus dem Italienischen von Burkhart Kroeber. 111 Seiten. SP 1496

Ein ironisches Kabinettstück über die Macht des Schicksals.

Kleines Ferienbrevier

Aus dem Italienischen von Burkhart Kroeber. 91 Seiten. SP 1995

Ein witzig-geistreiches Ferien-Geschichtsbuch ganz nach F&L-Art: Das Autorenduo beweist, daß der universelle, unwiderstehliche Drang, Ferien zu machen, schon seit Adam und Eva existiert.

Gabriele Wohmann

Bitte nicht sterben
Roman. 362 Seiten. SP 2142

»Gabriele Wohmanns Roman thematisiert nichts Geringeres als eines der großen Tabus unserer sich immerzu jugendlich-frisch anpreisenden Zeit und ist bemüht, einen Dunkel-Bereich durchsichtiger zu machen. Die Rede ist vom Alter und vom Älter-Werden ... Es empfängt einen von Anfang an eine äußere Ruhe, stille Prosa, wie sie vielleicht heute ohne Beispiel ist.«

Westdeutsche Zeitung

»Ein Buch vom Loslassen, Erwachsenwerden und Abschiednehmen.«

Darmstädter Echo

Er saß in dem Bus, der seine Frau überfuhr
Erzählungen. 288 Seiten. SP 1772

Das Überraschende und das Alltägliche im Zusammenprall: das macht die Faszination dieser Geschichten aus.

Ernste Absicht
Roman. 281 Seiten. SP 1698

Frühherbst in Badenweiler
Roman. 176 Seiten. SP 2048

Habgier
Erzählungen. 91 Seiten. SP 1666

»Diese friedlosen Erzählungen, vorgetragen im idyllischen Ton von Familiengeschichten, sind ein bös funkelndes Lesevergnügen.«

Die Zeit

Ein Mann zu Besuch
Erzählungen. 280 Seiten. SP 1863

»Es sind ausnahmslos brillante Texte, und mehr als das: konzentriert und doch mit Nuancen und Zwischentönen versehen, straff gebaut, ohne daß die Konstruktion sichtbar würde, unterhaltend sogar, aber immer zwischen Ironie und Trauer.«

Neue Zürcher Zeitung

Plötzlich in Limburg
Komödie in vier Bildern. 114 Seiten. SP 1051

Das Salz, bitte!
Ehegeschichten. 296 Seiten. SP 1935

»Gabriele Wohmann gehört zu den besten Erzählern der in den dreißiger Jahren geborenen Generation.«

Marcel Reich-Ranicki

SERIE PIPER

Iwan Bunin

»Bunin schreibt eine derartige Prosa, daß es nicht übertrieben ist, von ihm zu sagen, er ist der beste Stilist unserer Zeit.«
Maxim Gorki

Das Dorf
Roman. Aus dem Russischen von Arthur Luther.
159 Seiten. SP 797

Grammatik der Liebe
Erzählungen. Auswahl und Nachwort von Horst Bienek. Aus dem Russischen von Georg Schwarz und Ilona Koenig.
259 Seiten mit Zeittafel. SP 432

Der vorliegende Band vereint zehn Erzählungen, die alle um die zentralen Themen kreisen, die sich in immer wieder neuer Ausprägung durch Bunins Werk ziehen: Liebe, Tod, Einsamkeit, Verfall. Es ist das alte Rußland, das Bunin beschwört und dessen Zusammenbruch er vorausahnt.

Dunkle Alleen
Erzählungen. Auswahl und Nachwort von Horst Bienek. Aus dem Russischen von Ilona Koenig.
141 Seiten. SP 677

Bis auf eine sind alle Geschichten lange nach Bunins Emigration nach Paris im Jahr 1920 entstanden, doch sie beschwören noch das alte Rußland aus der Zeit vor der Revolution.

Ein letztes Wiedersehen
Erzählungen. Aus dem Russischen von Georg Schwarz.
156 Seiten. SP 960

Diese in den Jahren vor der Russischen Oktoberrevolution entstandenen Erzählungen sind verbunden durch die Themen: Stillstand, Verfall, geistige Armut, Tod in der Liebe und durch die Liebe. Alle Beziehungen bleiben sinnlos, die Fähigkeit zu lieben ist längst zum Opfer der sozialen Verhältnisse geworden.

Nächtliches Gespräch
Erzählungen. Aus dem Russischen von Larissa Robiné, Georg Schwarz und Erich Ahrndt.
132 Seiten. SP 1176

Auch in den zwischen 1911 und 1914 auf Capri – im Haus Gorkis – entstandenen Erzählungen »Nächtliches Gespräch«, »Alltag«, »Dürres Gras«, »Ein Märchen« und »Ein Frühlingsabend« bleibt Bunin seinem Thema treu: dem bäuerlichen Leben und seinem Verfall. So kraß er dieses Leben auch darstellt, Bunins Sympathie gehört den zum Sterben verurteilten Bauern. Mit ihrer Schicksalsergebenheit und Demut, ihrer Trauer über den Verlust der Vergangenheit standen sie ihm nahe.

Anne Morrow Lindbergh

Muscheln in meiner Hand

Eine Antwort auf die Konflikte unseres Daseins. Aus dem Amerikanischen von Maria Wolff. Übertragung der Gedichte von Peter Stadelmayer. 132 Seiten. SP 1425

Halte das Herz fest

Die Hochzeit. Aus dem Amerikanischen von Maria Wolff. 258 Seiten. SP 513

»Halte das Herz fest« ist ein mutiges Buch, in dem sich eine Frau mitteilt, die jede Verherrlichung scheut und den Fragen und Konflikten des Daseins ihre ganze reife Persönlichkeit entgegenstellt.

Verschlossene Räume, offene Türen

Jahre der Besinnung. Aus dem Amerikanischen von Elisabeth Piper. 331 Seiten. SP 1658

Diese Briefe und Tagebücher aus den Jahren 1933 bis 1935 sind die Zwischenbilanz eines erfüllten, aufregenden, aber oft auch unendlich schwierigen Lebens. Anne genießt das Glück, den kleinen Jon aufwachsen zu sehen. Sie schreibt in dem Buch über ihre große Flugreise nach Fernost: ein erster scheuer Versuch, neben der starken Persönlichkeit von Charles Lindbergh ein wenig Selbständigkeit zu gewinnen. Das Schreiben ist Anne auch Halt und Trost, als 1934 ihre so sehr bewunderte Schwester Elisabeth stirbt.

»Wer Charles Lindbergh als Jahrhundertmenschen sieht, liest die literarischen Notizen seiner Ehefrau nicht ohne Erregung.«

Frankfurter Allgemeine Zeitung

Blume und Nessel

Jahre in Europa. Aus dem Amerikanischen von Elisabeth Piper. 371 Seiten. SP 1934

»Blume und Nessel« erzählt in Briefen und Tagebuchaufzeichnungen von den Jahren 1936 bis 1939, in denen das Ehepaar Lindbergh in Europa lebte, es ist die persönliche Geschichte zweier junger Amerikaner inmitten der Schönheit und Vielfalt der europäischen Szenerie. »Blume und Nessel« ist Dokument und erzählender Bericht, ein Buch zum tieferen Verständnis der Vorkriegsjahre, ein lebendiges Zeugnis einer von Arbeit und Pflichten geprägten, glücklichen Ehe.

Aldous Huxley

Das Genie und die Göttin

Roman. Aus dem Englischen von Herberth E. Herlitschka. 123 Seiten. SP 1142

»Das Buch ist hervorragend. Es hat Ironie und kennt die Tragik und ist eine Geschichte voll tragischer Ironie.«

Bayerischer Rundfunk

Der kleine Mexikaner

Erzählungen. Aus dem Englischen von Herberth E. Herlitschka und Herbert Schlüter. 180 Seiten. SP 456

Narrenreigen

Roman. Aus dem Englischen von Herbert Schlüter. 295 Seiten. SP 310

»Narrenreigen«, 1923 in England erschienen, liegt hiermit erstmals in deutscher Übersetzung vor. Mit diesem seinem zweiten Roman wurde Aldous Huxley zu einer Schlüsselfigur der zeitgenössischen englischen Literatur. Bereits in diesem Jugendroman zeigt sich Huxleys eminente Begabung, Personen plastisch darzustellen und mit Eleganz und Ironie die Unzulänglichkeiten unserer modernen Gesellschaft unter die Lupe zu nehmen.

Parallelen der Liebe

Roman. Aus dem Englischen von Herberth E. Herlitschka. 367 Seiten. SP 1682

»Nicht nur in England, auch bei uns fasziniert Huxleys kluge Ironie, seine gesellschaftliche Smartness, die kühne Intelligenz...«

Der Tagesspiegel

Die Teufel von Loudun

Roman. Aus dem Englischen von Herberth E. Herlitschka. 399 Seiten. SP 1510

Eine spannende und brillant erzählte Sittengeschichte des 17. Jahrunderts.

»Gäbe es eine Institution, in der man erwachsene Menschen, Staatsbürger, ähnlich wie die Kinder in der Schule, zwingen könnte, gewisse Bücher zu lesen – wir würden Huxleys ›Teufel von Loudun‹ dort auf die Liste setzen.«

Frankfurter Rundschau

Zeit muß enden

Roman. Aus dem Englischen von Herberth E. Herlitschka. 385 Seiten. SP 1046

»Ein versöhnliches, heiteres Werk mit köstlichen Szenen und eigenwilligen Gestalten.«

Die Welt

Edgar Hilsenrath

»Poet und Pierrot des Schreckens.«
Der Spiegel

Bronskys Geständnis
Roman. 205 Seiten. SP 1256

»Bronskys Geständnis... ist ein Alptraum-Report und flagellantische Satire zugleich, geschrieben zumeist im lakonischen, slapstickhaften Dialog der jüdischen Anekdote...
Ein bizarres, wüstes Nachtasyl-Personal zieht auf, Penner, Huren, Säufer, Kriminelle, Entgleiste und Entglittene, ein Rinnstein-Inferno. Der alltägliche Wolfskampf um den Dollar und einen Bissen kann zur Posse und zur Tragödie werden.«
Der Spiegel

Nacht
Roman. 448 Seiten. SP 1137

»Hilsenrath ist ein Erzähler, wie ich seit Thomas Mann und dem Günther Grass der Blechtrommel keinen mehr kennengelernt habe.«
Südwestfunk

Der Nazi & der Friseur
Roman. 319 Seiten. SP 1164

Zibulsky oder Antenne im Bauch
Satiren. 160 Seiten. SP 1694

Hilsenrath ist vielleicht der einzige wirklich anarchische Erzähler, ein vehement die Wahrheit suchender Außenseiter unserer ausgetrockneten Intimsphäre.«
Rheinische Post

Jossel Wassermanns Heimkehr
Roman. 320 Seiten. SP 2139

Edgar Hilsenraths Roman läßt voll sprühendem Witz und leiser Trauer die einzigartige Welt der osteuropäischen Juden noch einmal auferstehen: »Indem er von einem Schtetl namens Pohodna am Pruth erzählt, erzählt der Roman zugleich von etwas anderem, das nicht erzählbar ist und dennoch in der Art des Erzählens, die Hilsenrath gewählt hat, unerwartet gegenwärtig wird: die Vernichtung. Die Vernichtung inmitten all der Schnurren und Schwänke aus Kaiser Franz Josephs Zeiten, über die herzlich gelacht werden darf. Hilsenrath ist mit seinem neuen Roman ein ganz außerordentlicher Balanceakt gelungen.«
Lothar Baier, Die Zeit